早晨与入口

[瑞典] 托马斯·特朗斯特罗默 著
万之 译

译林出版社

图书在版编目（CIP）数据
早晨与入口：汉瑞对照/（瑞典）托马斯·特朗斯特罗默著；万之译. —南京：译林出版社，2017.10
（镜中丛书）
ISBN 978-7-5447-6912-9

I.①早… II.①托… ②万… III.①诗集－瑞典－现代－汉语、瑞典语 IV.①I532.25

中国版本图书馆 CIP 数据核字（2017）第 086682 号

著作权合同登记号　图字：10-2013-243号

早晨与入口［瑞典］托马斯·特朗斯特罗默／著　万之／译

责任编辑　吴莹莹
装帧设计　韦　枫
责任印制　颜　亮

出版发行　译林出版社
地　　址　南京市湖南路 1 号 A 楼
邮　　箱　yilin@yilin.com
网　　址　www.yilin.com
市场热线　025-86633278
排　　版　南京展望文化发展有限公司
印　　刷　恒美印务（广州）有限公司
开　　本　889 毫米 ×1010 毫米　1/32
印　　张　7
插　　页　4
版　　次　2017 年 10 月第 1 版　2017 年 10 月第 1 次印刷
书　　号　ISBN 978-7-5447-6912-9
定　　价　58.00 元

“镜中丛书”总序

自2010年起，由我主持的“国际诗人在香港”项目，每年邀请一两位著名的国际诗人，分别与优秀的译者合作，除了举办诗歌工作坊、朗诵会等一系列诗歌活动，更重要的是，由香港牛津大学出版社出版双语对照诗集的丛书。到目前为止，已有八位应邀的国际诗人和译者合作出版了八本诗集，形成了一个小小的传统。这套丛书再从香港到内地，从繁体版到简体版，由译林出版社出版，取名为“镜中丛书”。按原出版时间顺序，包括谷川俊太郎、迈克·帕尔玛、德拉戈莫申科、盖瑞·施耐德、阿多尼斯和特朗斯特罗默的六本诗集。

与此并行的是“香港国际诗歌之夜”——自2009年起创办的香港国际诗歌节，每两年一届。这两个诗歌项目交织互补，为香港提供独特的文化平台，进一步形成汉语诗歌与国际诗歌的双重推动力。

这套丛书的设想基于以下考虑：首先，在国际诗人与汉语译者的文本互动之中，跨越语言的边界；其二，对多语种的译者提出挑战，为丰富现代汉语提供新的品质及方向；其三，在国际诗人、译者和读者之间，在文本对应与参照中，构成某种内在张力，激活一连串语言内外的连锁反应。

这套丛书首先面对的是院校外语专业的大学生，以及初学或精通外语的读者，当然也包括学者、译者和诗人同行。

“镜中丛书”是我和同行合作编辑出版的中英、中法等一系列双语对照诗集丛书的“兄弟姐妹”，共同组成了一个国际诗歌的“大家庭”。诗歌是人类精神家园的保证，也是一个民族苦难中的幸运。

北岛
2015 年 7 月 21 日

©Chen Maiping

托马斯·特朗斯特罗默

目录

译者前言

能编译这本瑞典语与汉语双语的托马斯·特朗斯特罗默诗选是我的荣幸，也是件既充满诗意和乐趣又具有挑战性和难度的工作。在此特别感谢我的诗人老友、此项目策划人和主编北岛的信任和委托，感谢牛津大学出版社的老朋友林道群的支持和配合。没有二位的帮助，这本诗集不可能出版。

出双语诗集的意义自然是译文和原文可以对比，正如主编提出的要求，“母语与译文严格对照”。即使读者并不一定掌握原文（母语），但对原诗形式、结构、音律等等，依然可以有一个基本印象。因此，我在翻译中努力遵照这条要求，力争不漏一词一字，音律节奏也尽量符合母语原文，而且在原文有限定词尾和复数形式时也都尽量在译文中译出。此外，译文的句子结构和诗行排列也尽可能与原文保持一致，便于读者参照比较。

需要特别指出的是，读者在阅读和对照原文和译文时，不仅要注意视觉上的对照，还要考虑听觉上的对照，要特别注意“声音”。特朗斯特罗默不仅是个诗人，也是个音乐爱好者，音乐也常常是他诗歌创作的出发点。在他的诗歌创作中，音乐几乎不可分离。因此纸面的默默阅读肯定不够，读者一定要倾听其诗歌的“声音”。

例如，特朗斯特罗默的诗作《快板》展现的是诗人日常生活中常见的一种状况，而这也正是诗人的创作出发点：“一个黑色的日子过后”，诗人在钢琴边坐下来，演奏一段海顿的曲子。所呈现的“声音”被描写成“绿的，活泼而安宁”——以此对照出那句“黑色的日子”后面可感觉到的压抑状态。诗人要传达出的是自己的满意感：“琴键得心应手。温柔的音锤敲打。”但更主要的是，他表现出的音乐和艺术还给人一种更大的自由感。外部现实具有压抑人的强制性，但是在山崩石裂一样的现实事件和对人的要求之外，确实还存在着另一种自由。“音乐是斜坡上的一栋玻璃房 / 那里石头在飞，石头在滚。// 而石头滚动，横穿而过 / 但每块玻璃都完整无损。”

诗歌和音乐——自身的诗歌创作和音乐活动，积极的艺术欣赏——在托马斯·特朗斯特罗默的生活中一直是重要的组成部分。我们有充分理由相信，他生活中每天（在实际状况允许的时候）都在钢琴前面度过一段时光。既是诗人，又是钢琴家，正是对特朗斯特罗默的非常确实可靠的身份写照。

在特朗斯特罗默全部的抒情诗中，音乐可以说在多方面一直存在。能让人想到的不仅是那些明显有音乐母题的诗作，也是特朗斯特罗默诗歌音调和意象背后能令人注意的倾听音乐的整体态度——围绕其诗作呈现的那种特别的声学。这种声学也包括我们通常称为“宁静”的状态——或者用诗人自己的话来说，“这里有音乐喑哑的一半”。这种说法在他 1954 年出版的处女作《诗十七首》中就可看到，其中有很多句式表示在整个自然 / 历史 / 宇宙中……都有内在的音乐。其中有“青铜时代的号角 / 不得安宁的音调”，这在现时也存在；其中有“树根发出的声调就像铜号”；其中有冬天的黑暗“从隐蔽的乐器中发出一阵颤音”；其中至少还有本诗集选入的较长诗作《挽歌》，诗中“距离的音乐交汇合流”，而“这里有音乐喑哑的一半，如树脂香 / 环绕着被雷击伤的针枞树”；其中还有诗作《早晨和入口》，诗中的自我被抓住，被编织到全部音乐的不受时空限制的挂毯之中。

在特朗斯特罗默后来的创作中，这类音乐象征出现得比较少，而是在诗集中包含个别的有直接取自音乐世界的具体母题的诗作。例如，在 1958 年的诗集《路上的秘密》中有特朗斯特罗默的第一首较长的“肖像诗”，即《巴拉基列夫的梦（1905）》，以及出版于 1966 年的诗集《声音与轨迹》中包括的诗作《一个北方艺术家》，其中的诗歌自我代表伟大的挪威作曲家爱德华·格里格（1843—1907）。

阅读这些诗作，往往还必须了解其历史背景。例如《巴拉基列夫的梦（1905）》中，这个年份也是诗名的重要组成部分，不可或缺，是理解本诗的重要线索。因为这一年，即 1905 年，一般来说是俄国革命的先声。作曲家米利·巴拉基列夫是俄国 19 世纪 60 年代出现的那批作曲家的领袖人物，这些人被称为俄国音乐创作本民族特色的“新俄罗斯乐派”，或者叫作“巴拉基列夫圈子”（“强力集团”）。19 世纪 70 年代，巴拉基列夫经历了宗教危机，在晚年他要求所有来访者跟随他画十字。这在本诗中也有反映（“像我一样画十字”），但是除此之外没有更多传记性细节。也就是说，这不仅是一个作曲家的肖像，更是一首表现艺术家在政治和社会语境中的责任的诗作。本诗提到的战舰“瑟瓦斯托普尔号”在当时的社会动荡中扮演过重要角色，也出现于爱森斯坦著名电影《战舰波奖金号》

中。巴拉基列夫在音乐会中睡着了，梦见自己被送到该战舰上，水手向他展示了一件奇怪的乐器，并说："如果你会演奏你就免得一死。"他明白这件乐器是驱动战舰和战争机器的。但是他对这个演奏任务束手无策：无论是他的音乐还是他画十字都不能阻止事件发生。在梦中他听见执行死刑的鼓声，却被音乐厅里的掌声惊醒。

在《一个北方艺术家》这首诗中，格里格回到了自己的老家卑尔根之外的乡间别墅"山妖之丘"。他晚年的创作大大减少，这点在诗中也有所反映——"美丽的陡坡多半沉默无语"——但是突然又有所开启，带着"一道直接从山妖那里奇妙地渗透出的亮光"。有关"这山里的锤打"那些诗句，是指格里格 1886 年创作的《第三小提琴奏鸣曲》中的一个主题——进一步还预示了格里格死前那一年的创作，或者用诗中的词语来说，他要"送出……为了找到上帝的踪迹"的四首赞美诗。这首诗反映的第三部音乐作品是格里格 1875—1876 年创作的《g 小调钢琴谣曲》，以一首挪威民歌为基础，其开头几句是："我知道很多可爱的歌 / 唱的是这个世界上美丽的国家；/ 但我从来没有听到那些歌 / 唱的是离我们很近的地方。"格里格在挪威民间音乐中找到灵感，帮助他创造出活生生的个性化的艺术表达。

长诗《波罗的海》创作于1974年，其中有个章节描写一位作曲家事业有成但受到政治迫害，“他遭到威胁，降职，放逐”。当他得到平反之后，又患脑溢血，身体右侧麻痹并有失语症——但是他能继续作曲，还保持了个人风格。“他给他不再能理解的歌词谱曲——/用同样的方式/在哼哼胡言乱语的合唱队里/我们表述一点我们的生活”。根据特朗斯特罗默本人的说明，这个作曲家是维沙翁·舍巴林，曾创作多部歌剧并且为普希金的诗作谱曲，被公认为是俄罗斯合唱曲中的上乘之作。诗中提到的成为“主要检举人”的舍巴林的学生，是臭名昭著的吉洪·赫连尼科夫，1948年曾经担任苏联作曲家协会主席，也是最高苏维埃成员，担任数项苏共领导职务。

在1978年出版的《真相之障碍》中包括《有关舒伯特》这首诗，描写弗朗兹·舒伯特(1797—1828)的生活。“他是一个来自维也纳、被朋友们称作‘蘑菇’的年轻矮胖绅士，睡觉还戴着眼镜而且每天早上准时到达写字台前。/于是乐谱奇妙的百足蜈蚣在那里开始蠕动。”但这首诗不仅关于舒伯特本人，更多的是关于舒伯特的音乐，那些“比其他一切都更加真实的”音调，特别是有关两部作品。一是《C大调弦乐五重奏》，有五个弦乐器演奏，使得诗中倾听音乐的自我能感觉自己“毫无重量”，而且“植物具有思想”。另一部作品是最后这段诗中可反映出的钢琴四手联弹《f小调幻想奏鸣曲》。这两部作品都是舒伯特在生命最后几年内完成的。

特朗斯特罗默20世纪的最后一部诗集《哀伤贡多拉》出版于1996年，书名来自其中一首同名诗作，而该诗的名称又是借取弗朗兹·李斯特的音乐作品《哀伤贡多拉之二》。

可见，不了解上述这些诗作之后的历史和文化背景，也就不能充分了解诗作的内涵，甚至影响翻译的准确性。

我还建议，在阅读这本诗集时，读者可以参考我翻译的特朗斯特罗默和美国诗人罗伯特·布莱的通信集《航空信》（译林出版社2012年版）。在这本通信集里，特朗斯特罗默其实提出了一个优秀诗歌翻译的最好标准，他在1974年2月13日给布莱的信中写道：

> ……你的翻译最好的地方是总能让我从中找回我当初开始写这些诗时的感觉。其他译者提供的不过是已完成诗歌的一种（苍白的）临摹，而你把我带回到起始的经验。

可见，译文是否能够提供原诗的“感觉”或“起始的经验”，这是一条衡量译文优劣的最好标准。这条标准也可以呼应英国诗人雪莱为自己制订的翻译原则，即“译文在读者心中唤起的反应，应该与原文唤起之反应相同”。

毫无疑问，翻译特朗斯特罗默的诗作，首先必须做到准确和信达，必须严格地按照原文（母语）来翻译，在此基础上，再努力争取汉语译文的流畅和诗意的雅致。

本诗集的编译按照同一出版项目之前几部诗集的体例，前面有总序和译者前言，书后有诗人生平和创作年表，对其一生及创作可以一览无遗。而作为补充，后面加了瑞典学院 2011 年授予诗人诺贝尔文学奖的授奖词及颁奖典礼上的致辞，致辞者正是特朗斯特罗默的老友、瑞典诗人及诺贝尔文学奖评选机构瑞典学院院士埃斯普马克。他最近访问中国，有一篇介绍当代瑞典诗歌的演讲稿，也译出附后，可作为了解特朗斯特罗默生活和创作背景的资料。

最后，我也感谢特朗斯特罗默本人及夫人莫妮卡·特朗斯特罗默对此诗集出版的支持和认可。此外我要感谢瑞典汉学家马悦然，感谢我的妻子陈安娜，他们一如既往解答我在翻译中遇到的各种大小疑难问题。这本诗集，其实也是众多朋友的合作成果。这次简体版修订过程中，译林出版社编辑吴莹莹女士作了认真修订，上海外国语大学瑞典语专业王梦达老师、斯德哥尔摩大学华琼女士也指正了繁体版的一些错误，在此一并致谢。

万之

2015 年 11 月 2 日补记

瑞典文参考书目

- 谢尔・埃斯普马克 (Kjell Espmark)《旅行的公式：托马斯・特朗斯特罗默诗歌研究》(*Resans formler: en studie i Tomas Tranströmers poesi,* 1983)，瑞典北方出版社 (Norstedt) 出版。
- 斯塔番・拜里耶斯滕 (Staffan Bergsten)《安慰人的谜团：论托马斯・特朗斯特罗默抒情诗的论文诗篇》(*Den trösterika gåtan: tio essäer om Tomas Tranströmers lyrik,* 1989)，瑞典《人物图录》抒情诗俱乐部 (FIB:s lyrikklubb) 出版。
- ——《托马斯・特朗斯特罗默：一个诗人的肖像》(*Tomas Tranströmer: ett diktarporträtt,* 2011)，瑞典博涅什出版社 (Bonniers) 出版。
- 马格努斯・瑞格仁 (Magnus Ringgren)《沿着海滩漫步已今非昔比：托马斯・特朗斯特罗默之〈波罗的海〉导读》(*Det är inte som det var att gå längs stranden: en guide till Tomas Tranströmers Östersjöar,* 1997)，瑞典书局出版社 (Bokbandet) 出版。
- 本特・埃米尔・雍松 (Bengt Emil Jonson)：特朗斯特罗默原声朗诵诗歌及钢琴独奏光碟《这声音说自由存在》(*Klangen säger att friheten finns*) 前言。本译者前言有关音乐部分摘录自此前言。

早晨与入口

托马斯·特朗斯特罗默诗选

UPPVAKNANDET ÄR ETT FALLSKÄRMSHOPP ...

Uppvaknandet är ett fallskärmshopp från drömmen.
Fri från den kvävande virveln sjunker
resenären mot morgonens gröna zon.
Tingen flammar up. Han förnimmer—i dallrande
 lärkans
position—de mäktiga trädrotsystemens
underjordiskt svängande lampor. Men ovan jord
står—i tropiskt flöde—grönskan, med
lyftade armar, lyssnande
till rytmen från ett osynligt pumpverk. Och han
sjunker mot sommaren, firas ned
i dess blänkande krater, ned
genom schakt av grönfuktiga åldrar
skälvande under solturbinen. Så hejdas
denna lodräta färd genom ögonblicket och vingarna
 breddas
till fiskgjusens vila över ett strömmande vatten.
Bronsålderslurens
fredlösa ton
hänger över det bottenlösa.

醒来是一次跳伞……

醒来是一次从梦中跳伞。
摆脱那窒息人的涡流
乘客向早晨的绿色区域降落。
万物烧起来。他察觉到——在震颤的云雀的
位置——那些巨大树根系统的
在地下晃荡的灯光。但在大地之上
站立着——在热带水流中——绿意，用
举起的双臂，倾听
来自一个无形抽水机的节奏韵律。而他
朝夏天降落，掉下去
进入那炫目的陨石坑，掉下去
穿过绿而潮湿重重年代的坑井
在太阳涡轮下震颤。于是这笔直而下
穿越瞬间的行程被停止，而翅膀伸展开
直至鱼鹰般悬停在激流湍急的水上。
青铜时代的号角
不得安宁的声调
悬浮在这无底深渊之上。

I dagens första timmar kan medvetandet omfatta
  världen
som handen griper en solvarm sten.
Resenären står under trädet. Skall,
efter störtningen genom dödens virvel,
ett stort ljus vecklas ut över hans huvud?

在这天最初数小时里意识还能把握世界
好像手抓住一个热如太阳的石头。
乘客站在树下。是否会,
在穿越死亡涡流的坠地之后
有一片巨大光芒在他头顶展开？

STORM

Plötsligt möter vandraren här den gamla
jätteeken , lik en förstenad älg med
milsvid krona framför septemberhavets
    svartgröna fästning.

Nordlig storm. Det är i den tid när rönnbärs—
klasar mognar. Vaken i mörkret hör man
stjärnbilderna stampa i sina spiltor
    högt över trädet.

风暴

漫游者突然在此遇到这古老的
巨大橡树，像一头石化的麋鹿
数英里宽的鹿角面对九月大海的
　　墨绿色要塞。

来自北方的风暴。正是在楸果成串
成熟的时节。黑暗中醒着的人听见
星空图像在自己的马厩里跺脚
　　在树上高悬。

KVÄLL—MORGON

Månens mast har murknat och seglet skrynklas.
Måsen svävar drucken bort över vattnet.
Bryggans tunga fyrkant är kolnad. Snåren
    Dignar i mörkret.

Ut på trappan. Gryningen slår och slår i
havets gråstensgrindar och solen sprakar
nära världen. Halvkvävda sommargudar
    famlar i sjörök.

夜晚—早晨

月的桅杆已腐烂而帆布折皱。
海鸥在水上喝醉一般飞走。
栈桥沉重的四边焦黑。树丛
　　在黑暗中垂落。

站到门外去。黎明敲了又敲
海的花岗岩栅门，太阳散射光芒
接近世界。喘不过气的夏神
　　在海霾中摸索。

GOGOL

Kavajen luggsliten som en vargflock.
Ansiktet som en marmorflisa.
Sitter i kretsen av sina brev i lunden som susar
av hån och misstag,
ja hjärtat blåser som ett papper genom de ogästvänliga
passagerna.

Nu smyger solnedgången som en räv över detta land,
antänder gräset på ett ögonblick.
Rymden är full av horn och klövar och därunder
glider kaleschen skugglik mellan min faders
upplysta gårdar.

Petersburg beläget på samma breddgrad som förintelsen
(såg du den sköna i det lutande tornet)
och kring nedisade kvarter än svävar manetlikt
den arme i sin kappa.
Och här, insvept i fastor, är han som förr omgavs av
skrattens hjordar,

果戈理

外套破旧就如一个狼群。
面孔就如一片大理石。
坐在林中自己的信堆里，那树林
发出轻蔑与错误的沙沙声响，
心在吹动，像一张纸穿过不友善的
那些过道。

现在晚霞像狐狸溜过这片土地
转瞬间点燃青草。
这空间充满犄角与蹄子而下面
那马车像影子滑在我父亲
亮着的院子之间。

彼得堡处在和种族灭绝一样的纬度
（你看见那斜塔中的美人吗）
而裹着大衣的那个穷汉像海蜇一样
依然围绕冰封的居民区游荡。
而这里，包裹在斋戒中，他一如以往被笑声
　　的兽群包围，

men de har för länge sedan begivit sig till trakter
långt ovanför trädgränsen.

Människors raglande bord.
Se ut, hur mörkret bränner fast en vintergata av själar.
Så stig upp på din eldvagn och lämna landet!

但它们早已前往远在树林边界之上的地方。

人类的摇晃着的桌子。
瞧吧，黑暗如何把一条灵魂的银河熔结。
那就登上你的火焰车厢离开这国家吧！

SKEPPARHISTORIA

Det finns barvinterdagar då havet är släkt
med bergstrakter, hukande i grå fjäderskrud,
en kort minut blått, långa timmar med vågor som bleka
lodjur, fåfängt sökande fäste i strandgruset.

En sådan dag går väl vraken ur havet och söker
sina redare, bänkade i stadens larm, och drunknade
besättningar blåser mot land, tunnare än piprök.

(I norr går de riktiga lodjuren, med vässta klor
och drömmande ögon. I norr där dagen
bor i en gruva både dag och natt.

Där den ende överlevande får sitta
vid norrskenets ugn och lyssna
till de ihjälfrusnas musik.)

天方夜谭

有些光秃无雪的冬日，那时大海成了
山峦的亲属，俯卧在灰色羽毛中
一刻间青蓝，而长时间波浪苍白
如山猫，在海滩沙砾中徒劳地找窝。

一个这样的日子，沉船会走出大海
找他们坐在城市喧嚣中的船主，而淹死的
船员吹向陆地，比烟斗烟雾更加轻薄。

（在北方走着真正的山猫，有尖利爪子
梦幻般的眼睛。在北方这日子
白天黑夜都住在一个矿洞里。

那里唯一幸存者可以坐在
北极光的火炉旁倾听
那些冻死者的音乐。）

MORGON OCH INFART

Havstruten, solskepparen, styr sin väg.
Under honom är vatten.
Nu slumrar ännu världen som en
mångfärgad sten i vatten.
Outtydda dag. Dagar—
som aztekernas skrivtecken!

Musiken. Och jag står fångad
i dess gobeläng, med
höjda armar—lik en figur
ur allmogekonsten.

早晨与入口

海鸥，这太阳船长，控制着航向。
在它下面是海水。
现在世界还在安睡
如水中一块多彩的石子。
莫名的日子。日子——
像阿兹特克人的文字！

那音乐。而我被抓住
在那些挂毯中，
高举手臂——如同
出自民间艺术的形象。

DYGNKANTRING

Still vaktar skogsmyran, ser i intet
in. Och intet hörs utom dropp från dunkla
lövverk och det nattliga sorlet djupt i
    sommarens canyon.

Granen står som visaren på ett urverk,
taggig. Myran glöder i bergets skugga.
Fågel skrek! Och äntligen. Långsamt börjar
    molnforan rulla.

昼夜倾覆

树林蚂蚁静静看守，看着里面的
虚无。而除了来自黑暗绿枝的滴答
及夏日大峡谷中深深的夜晚嗡嗡声
　　只听见虚无。

树站立就如一个钟表上的指针
多刺。蚂蚁在这山峦的暗影中发亮
鸟在尖叫！终于如此。云的货车
　　慢慢开始滚动。

ELEGI

Vid utgångspunkten. Som en stupad drake
i något kärr bland dis och dunster, ligger
vårt granskogsklädda kustland. Långt därute:
två ångare som ropar ur en dröm.

i tjockan. Detta är den nedre världen.
Orörlig skog, orörlig vattenyta
och orkideens hand som sträcks ur myllan.
På andra sidan, bortom denna farled

men hängande i samma spegling: Skeppet,
som molnet tyngdlöst hänger i sin rymd.
Och vattnet kring dess stäv är orörligt,
i stiltje lagt. Och ändå stormar det!

och fartygsröken blåser vågrätt ut—
där fladdrar solen i dess grepp—och blåsten
står hårt mot ansiktet på den som bordar.
Att ta sig uppför Dödens babordssida.

挽歌

在出口处。如一条战死的龙
在烟雾弥漫的某个沼泽中，
躺着我们覆盖枞树林的海岸。在远处：
两条蒸汽船从一个梦里呼叫

在浓雾中。这是下层世界。
未被触及的森林，未被触及的水面
还有从沃土伸出的幽兰的手。
在另一边，在这条航道之外。

然而悬挂在同一倒影中：这船，
像没有重量而挂在自己天空的云。
而船头周围的水是未被触及的，
在无风状态。却依然狂风怒号！

而轮船烟囱烟雾如浪滚滚而出——
太阳在烟雾掌握中鼓翼而飞——而风
强硬地抵住那个登船者的面孔。
为了使自己登上死亡的左舷侧。

Ett plötsligt korsdrag och gardinen fladdrar.
Tystnaden ringer som en väckarklocka.
Ett plötsligt korsdrag och gardinen fladdrar.
Tills avlägset en dörr hörs slå igen

långt borta i ett annat år.

*

O marker grå som Bockstensmannens kapprock!
Och ön som svävar mörk i vattenröken.
Det råder stillhet som när radarn svänger
sitt varv på varv i övergivenhet.

Det finns en korsväg i ett ögonblick.
Distansernas musik har sammanströmmat.
Allt sammanvuxet till ett yvigt träd.
Försvunna städer glittrar i dess grenverk.

Från överallt och ingenstans det spelar
som syrsor i augustimörkret. Insprängd

一阵突然的对流风而窗帘掀动。

沉默就像一只闹钟那样发出铃声。

一阵突然的对流风而窗帘掀动。

直到听见一扇门在远处关闭

远远地在另一个年头。

*

哦，地面灰如博客斯滕男人[1]的大衣！

而这个岛在水霭中昏暗地飘舞。

保持沉默就如雷达旋转时

一圈又一圈而无人理睬。

在一瞬间出现了一个十字路口。

距离的音乐交汇合流。

一切都合长成一棵葱茏茂盛的树。

消失的城市在它的枝杈中闪烁。

是无所不在四面八方到处演奏

好像蟋蟀在八月的黑暗中表演。

---

1 “博客斯滕男人”指 1936 年夏在哈朗郡博客斯滕村的沼泽中发现的一具男尸，其生活年代在 14 世纪中叶。因为土酸的保护而外衣保存完好。有两根木桩穿过尸体，为的是让死者不能再走开。

som timmerbaggen, slumrar här i natten
torvmossens dräpte färdman. Saven driver

hans tanke up mot stjärnorna. Och djupt
i berget: här är flädermössens grotta.
Här hänger åren, gärningarna tätt.
Här sover de med sammanfällda vingar.

En dag skall dessa flyga ut. Ett vimmel!
(På avstånd som en rök ur grottans mynning.)
Men ännu råder sommarvintersömnen.
På avstånd vattensorl. I mörka trädet

ett löv som vänder sig.

*

En sommarmorgon fastnar bondens harv
i döda ben och klädestrasor.—Han
låg alltså kvar när torvmossen dränerats
och står nu upp och går sin väg i ljuset.

I varje härad virvlar gyllne frön
kring gammal skuld. Den pansarklädda skallen

混杂如甲壳虫，在这夜晚安眠的
是泥沼中死去的旅行者。树汁

把他的思想向星星驱动。而在深深的
山岭中：这里是蝙蝠的洞穴。
这里密密地悬置着岁月，种种行为。
这里它们收拢着翅膀酣睡。

有一天它们将飞出去。密集一片！
（远看就如从洞口冒出的一股烟雾。）
但是依然还有夏日的冬眠。
远处有潺潺水声。在黑暗的树上

一片树叶自己翻转。

*

一个夏日早晨这农民的耙卡住
卡在尸骨与衣服碎片中。——他
在泥沼抽干时还一直躺在这里
而现在起身在光线中走开。

在每个乡村都有金黄色的种子
围绕旧债旋转。披戴盔甲的头颅

i åkerjord. En vandringsman på vägen
och berget följer honom med sin blick.

I varje härad sorlar skyttens rör
vid midnattstid när vingarna slår ut
och det förflutna växer i sin störtning
och mörkare än hjärtats meteorsten.

En andens bortvändhet gör skriften glupsk.
En flagga börjar smälla. Vingarna
slår ut kring rovet. Denna stolta färd!
där albatrossen åldras till ett moln

i Tidens gap. Kulturen är en valfångst—
station, där främlingen på promenad
bland vita husgavlar och barn som leker
ändå med varje andetag förnimmer

den dräpte jättens närvaro.

*

Lätt återkastas himlasfärers orrspel.
Musiken, skuldfri i vår skugga, som

在耕地的泥土中。一个漫游者上了路
而山峦用自己的目光跟随着他。

在每个乡村都有射手的枪管
在夜半翅膀张开时嗡嗡响
而往昔在坠落中生长
比心脏的陨石还要黑

一个精灵的背离让文字贪婪。
一面旗帜开始噼啪作响。翅膀
围绕着猎物张开。这自豪的行程！
在时代的巨口里信天翁

衰老成了一朵云。文化成了一个捕鲸——
站点，陌生人在这里散步
在白色山墙与玩耍的孩子中间
而每一次呼吸依然能感觉到

那被杀死的巨大动物的存在。

*

天空的黑松鸡交配鸣叫轻轻回响。
音乐，无辜无罪地在我们影子中

fontänens vatten stiger mellan vilddjur,
konstrikt förstrenade kring vattenstrålen.

Med stråkarna förklädda till en skog.
Med stråkarna som riggen i ett störtregn—
kajutan vräks under ett störtregns hovar—
och innerst, i kardanupphängning, glädjen.

I afton återspeglas världens stiltje,
när stråkarna satts an men inte rörs.
Orörliga i dimman skogens träd
och vattentundran speglande sig själv.

Musikens stumma hälft är här, som doften
av kåda står kring åskskadade granar.
En underjordisk sommar hos var man.
Där lösgör sig, vid korsvägen, en skugga

och spränger bort i bachtrumpetens riktning.
Av nåd ges plötslig tillförsikt. Att lämna
sin jagförklädnad kvar på denna strand,
där vågen slår och sjunker undan, slår

och sjunker undan.

如喷泉之水在野兽之间上升。
围绕水柱精巧地化成石头。

带着穿扮成一座森林的琴弦。
带着像大雨中的桅杆的琴弦——
船舱在一场大雨的蹄下抛落——
而最内部，在轴节悬置处，是欢乐。

在黄昏映射出的是世界的寂静
当琴弦已设定但还未拨动。
在雾气中不动的是森林的树木
以及积水的苔原映照着自己。

这里有音乐喑哑的一半，如树脂香
环绕着被雷击伤的针枞树。
每个人那里都有地下的夏季。
一个影子在十字路口获得自由

朝着巴赫小号的方向奔去。
突然有信心给以宽恕。能将
自我的外衣留在这个岸边
波浪在这里涌起又沉下不见，涌起

又沉下不见。

HEMLIGHETER PÅ VÄGEN

Dagsljuset träffade ansiktet på en som sov.
Han fick en livligare dröm
men vaknade ej.

Mörkret träffade ansiktet på en som gick
bland de andra i solens starka
otåliga strålar.

Det mörknade plötsligt som av ett störtregn.
Jag stod i ett rum som rymde alla ögonblick—
ett fjärilsmuseum.

Och ändå solen lika starkt som förut.
Dess otåliga penslar målade världen.

路上的秘密

日光与一个睡眠者的脸相遇。
他得到一个更有生机的梦
但没有醒来。

黑暗与一个行走者的脸相遇
走在阳光强烈焦急光线下的
其他人中间。

像是突然被一场大雨遮暗。
我站在一个包容全部瞬间的房间里——
一个蝴蝶博物馆。

而太阳还像过去那样强烈。
这些焦急的画笔涂抹出世界。

KYRIE

Ibland slog mitt liv upp ögonen i mörker.
En känsla som om folkmassor drog genom gatorna
i blindhet och oro på väg till ett mirakel,
medan jag osynligt förblir stående.

Som barnet somnar in med skräck
lyssnande till hjärtats tunga steg.
Långt, långt tills morgonen sätter strålarna i låsen
och mörkrets dörrar öppnar sig.

垂怜经

有时我的生命在黑暗中睁开眼睛。
一种感觉牵系着穿过大街小巷的人群
他们在盲目和不安中走向一个奇迹，
而我不露身形地保持站立。

好像这个孩子在恐怖中入睡
倾听着心脏的沉重脚步。
久久地，直到早晨将光芒插入这把锁
于是黑暗的众门打开。

BALAKIREVS DRÖM (1905)

Den svarta flygeln, den glänsande spindeln,
stod darrande mitt i sitt nät av musik.

I konsertsalen tonades fram ett land
där stenarna inte var tyngre än dagg.

Men Balakirev somnade under musiken
och drömde en dröm om tsarens droska.

Den rullade fram över kullerstenar
rakt in i det kråkkraxande mörkt.

Han satt ensam inne i vagnen och såg
men sprang ändå bredvid på vägen.

Han visste att resan hade varat länge
och hans klocka visade år, inte timmar.

Det var ett fält där plogen låg
och plogen var en fågel som störtat.

巴拉基列夫的梦 (1905)

黑色大钢琴，这闪亮的蜘蛛
颤抖着站在它的音乐之网中。

音乐厅里奏出一个国度
那里石头不重于露珠。

但巴拉基列夫在音乐中睡着
做着一个有关沙皇马车的梦。

马车在鹅卵石上向前滚动
笔直闯进乌鸦叫唤的黑暗。

他独自坐在马车里观看
却又在旁边的路上奔跑。

他知道这次旅行已经很漫长
而他的表显示年头而非小时。

在一片田野里躺着那张犁
而那张犁是一只坠地的鸟。

Det var en vik där fartyget låg
infruset, släckt, med folk på däcket.

Droskan gled dit över isen och hjulen
spann och spann med ett ljud av silke.

Ett mindre krigsfartyg: ”Sevastopol”.
Han var ombord. Besättningsmän kom fram.

”Du slipper dö om du kan spela.”
De visade ett egendomligt instrument.

Det liknade en tuba, eller en fonograf,
eller en del av någon okänd maskin.

Stelrädd och hjälplös förstod han: det är
det instrument som driver örlogsskeppen.

Han vände sig mot den närmaste matrosen,
tecknade förtvivlat med hanen och bad:

”gör korstecknet som jag, gör korstecknet!”
Matrosen stirrade sorgset som en blind,

在一片水湾里躺着那艘船
封冻，熄灯，甲板上有人。

马车在冰上滑向那边，而车轮
转了又转，带着一种丝绸声音。

一艘较小战舰：瑟瓦斯托普尔号。
他上了船。船员们走上前来。

“如果你会演奏你就免得一死。”
他们出示了一件奇怪的乐器。

它像一个圆号，或一个留声机，
或者某台未知机器的一个部件。

恐惧而无助中他已明白：正是
这乐器曾驱动这艘海军舰艇。

他转向最靠近的一个水手，
绝望地做着手势并恳求：

“像我一样画十字，画十字！”
水手哀伤地凝视，仿佛一个盲人，

sträckte ut armarna, huvudet sjönk ned—
han hängde liksom fastspikad i luften.

Trummorna slog. Trummorna slog. Applåder!
Balakirev vaknade upp ur sin dröm.

Applådernas vingar smattrade i salen.
Han såg mannen vid flygeln resa sig upp.

Ute låg gatorna mörklagda av strejken.
Droskorna rullade hastigt i mörkret.

伸出双臂，低垂着头——
他吊着就像被钉在了空中。

鼓在敲打。鼓在敲打。鼓掌！
巴拉基列夫从他的梦中醒来。

掌声的翅膀在大厅里咯咯作响。
他看见大钢琴边的男人站起来。

外面躺着被罢工弄暗的街道。
在黑暗中那些马车迅速滚过。

KLANGEN

Och trasten blåste på de dödas ben med sin sång.
Vi stod under ett träd och kände tiden sjunka och
sjunka.
Kyrkogården och skolgården möttes och vidgades i
varann som två strömmar i havet.

Kyrkklockornas klang gick till väders buren av
segelflyg—planens milda hävarm.
De lämnade kvar en väldigare tystnad på jorden
och ett träds lugna steg, ett träds lugna steg.

这声音

而这鸫鸟用其歌声在死者尸骨上吹。
我们站在一棵树下感觉时代下沉了又下沉。
教堂墓园和校园交会且互相拓展
　　如大海中两条水流。

教堂众钟的声音进入滑翔机柔和平展双翅
　　构成的空气牢笼。
它们在大地上留下一个更广大的寂静
以及一棵树安静的脚步，一棵树安静的脚步。

C–DUR

När han kom ner på gatan efter kärleksmötet
virvlade snö i luften.
Vintern hade kommit
medan de låg hos varann.
Natten lyste vit.
Han gick fort av glädje.
Hela staden sluttade.
Förbipasserande leenden—
alla log bakom uppfällda kragar.
Det var fritt!
Och alla frågetecken började sjunga om Guds tillvaro.
Så tyckte han.

En musik gjorde sig lös
och gick i yrande snö
med långa steg.
Allting på vandring mot ton C.
En darrande kompass riktad mot C.
En timme ovanför plågorna.
Det var lätt!
Alla log bakom uppfällda kragar.

C 大调

幽会后他下楼到了街上
此时空中飞旋着雪花。
他们相依相偎的时候
冬天已经到来。
夜晚闪着白光。
他欢快地疾走。
整个城市歪斜。
经过身旁的笑颜——
人人都在翻起的领子后微笑。
那份自在！
而所有问号开始歌唱上帝的存在。
他认为如此。

一段音乐释放开来
在眩晕的雪中
大步行走。
一切都在走向 C 音。
一个抖颤的罗盘指向 C 音。
痛苦之上的一个时辰。
那份轻快！
人人都在翻起的领子后微笑。

ALLEGRO

Jag spelar Haydn efter en svart dag
och känner en enkel värme i händerna.

Tangenterna vill. Milda hammare slår.
Klangen är grön, livlig och stilla.

Klangen säger att friheten finns.
och att någon inte ger kejsaren skatt.

Jag kör ner händerna i mina haydnfickor
och härmar en som ser lugnt på världen.

Jag hissar haydnflaggan—det betyder:
”Vi ger oss inte. Men vill fred.”

Musiken är ett glashus på sluttningen
där stenarna flyger, stenarna rullar.

Ock stenarna rullar tvärs igenom
men varje ruta förblir hel.

快板

一个黑色的日子过后我演奏海顿
双手中感到一点简单的温暖。

琴键得心应手。温柔的音锤敲打。
音色是绿的，活泼而安宁。

这声音说自由存在
有人不给皇帝纳税。

我把双手下插到我的海顿衣兜里
模仿一个平静地看世界的人。

我升起海顿旗帜——意味着：
“我们不投降。但愿意和平。”

音乐是斜坡上的一栋玻璃房
那里石头在飞，石头在滚。

而石头滚动，横穿而过
但每块玻璃都完整无损。

NOCTURNE

Jag kör genom en by om natten, husen stiger fram
i strålkastarskenet—de är vakna, de vill dricka.
Hus, lador, skyltar, herrelösa fordon—det är nu
de ikläder sig Livet.—Människorna sover:

en del kan sova fridfullt, andra har spända anletsdrag
som om de låg i hård träning för evigheten.
De vågar inte släppa allt fast deras sömn är tung.
De vilar som fällda bommar när mysteriet drar förbi.

Utanför byn går vägen länge mellan skogens träd.
Och träden träden tigande i endräkt med varann.
De har en teatralisk färg som finns i eldsken.
Vad deras löv är tydliga! De följer mig ända hem.

Jag ligger och ska somna, jag ser okända bilder
och tecken klottrande sig själva bakom ögonlocken
på mörkrets vägg. I springan mellan vakenhet och dröm
försöker ett stort brev tränga sig in förgäves.

夜曲

我驱车在夜里驶过一个村庄，房屋向前跨入
前照灯的光柱里——它们醒着，它们要喝水。
房屋、仓库、路牌、无主的车辆——正是现在
它们穿上生命之衣。——人类在睡觉：

一些人能睡得平安，其他人呼吸急促
好像他们躺在为永恒而艰苦的练习中。
尽管他们睡得死沉也不敢释放下一切。
神秘经过时他们却像折起的路栅休息。

村庄之外道路在森林的树木之间延伸，
而树木与树木互相保持默契沉默无语。
它们有一种在火光中存在的戏剧色彩。
它们的叶子多么清晰！它们随我回家。

我躺下要睡觉，看见我的眼帘之后
从未见过的图画与字迹自己在涂抹
在黑暗之墙上。在醒与梦之间跳跃
一封巨大的信试图挤入却徒劳无功。

OM HISTORIEN

I

En dag i mars går jag ner till sjön och lyssnar.
Isen är lika blå som himlen. Den bryter upp under
solen.
Solen som också viskar i en mikrofon under istäcket.
Det kluckar och jäser. Och någon tycks ruska ett
lakan långt ut.
Alltihop liknar Historien: vårt NU. Vi är nedsänkta,
vi lyssnar.

II

Konferenser som flygande öar så nära att störta …
Sedan: en lång darrande bro av kompromisser.
Där ska hela trafiken gå, under stjärnorna,
under de ofröddas bleka ansikten,
utkastade i tomrummet, anonyma som risgryn.

论历史

一

三月里的一天我走到湖边倾听。

冰就如天空一样湛蓝。它在阳光下破裂。

阳光也好像在冰盖之下的麦克风里低语。

汩汩作响发酵膨胀。好像有人在远处掀动床单。

一切都如历史：我们的“当下”。我们下沉，我们
倾听。

二

众多会议如飞翔的岛屿几乎就要坠地……

然后：一条长而摇晃的妥协之桥。

整个交通要从那里通过，在群星之下，

在还未出生者的惨白面孔之下，

抛入空房间里，就如稻谷一样匿名。

III

Goethe reste i Afrika 1926 förklädd till Gide och såg allt.
Några ansikten blir tydligare av allt de får se efter
döden.
När dagsnyheterna från Algeriet lästes upp
framträdde ett stort hus där alla fönster var mörklagda,
alla utom ett. Och där såg man Dreyfus' ansikte.

IV

Radikal och Reaktionär lever tillsammans som i ett
olyckligt äktenskap,
formade av varann, beroende av varann.
Men vi som är deras barn måste bryta oss loss.
Varje problem ropar på sitt eget språk.
Gå som en spårhund där sanningen trampade!

V

Ute i terrängen inte långt från bebyggelsen
ligger sedan månader en kvarglömd tidning, full av
händelser.

三

1926 年歌德穿扮成纪德到非洲旅行目睹一切。
在他们死后能看到的一切中某些面孔更清晰。
当人们读到来自阿尔及利亚的当日新闻
出现了一幢全部窗户都弄黑了的大楼,
只有一扇窗户不黑。在那里可以看到德雷福斯的
　　面孔。

四

激进派和反动派在一起生活，如一次不幸的婚姻,
互相构成，互相依赖。
但是我们作为他们的孩子必须将自己挣脱开。
每个问题都用自己的语言叫喊。
像一只探路警犬走在真相踏足之地！

五

到外面离这建筑不远的野地上
几个月以来就有一张被人遗忘的报纸，充满
　　新闻。

Den åldras genom nätter och dagar i regn och sol,
på väg att bli en planta, ett kålhuvud, på väg att
förenas med marken.
Liksom ett minne långsamt förvandlas till dig själv.

日日夜夜它在雨水和阳光中老化，
正在成为一种植物，一个菜头，正在与土地
　　成为一体。
就如一段记忆缓慢转变成你自己。

ENSAMHET

I

Här var jag nära att omkomma en kväll i februari.
Bilen gled sidledes på halkan, ut
på fel sida av vägen. De mötande bilarna—
deras lyktor—kom nära.

Mitt namn, mina flickor, mitt jobb
lösgjorde sig och blev kvar tyst bakom,
allt längre bort. Jag var anonym
som en pojke på en skolgård omgiven av fiender.

Mötande trafik hade väldiga ljus.
De lyste på mig medan jag styrde och styrde
i en genomskinliga skräck som flöt som äggvita.
Sekunderna växte—man fick rum där—
de blev stora som sjukhusbyggnader.

Man kunde nästan stanna upp
och andas ut en stund

孤独

一

二月的一个夜晚我在这里几乎遇难。
汽车在滑路上横向溜出
到了错误的路侧。那些迎面而来的汽车——
它们的大灯——正在靠近。

我的姓名，我的姑娘们，我的工作
都松脱开而悄悄地留在后面，
越来越远。我没有了名字
像一个男孩子在校园里被敌人包围。

迎面而来的车辆有巨大光亮。
照亮了我而我操控了又操控
在一种像蛋白流淌的透明恐惧中。
秒秒增长——你从中获得空间——
它们变得巨大好像医院的建筑。

在你粉碎之前
你几乎可以停下来

innan man krossades.

Då uppstod ett fäste: ett hjälpande sandkorn
eller en underbar vindstöt. Bilen kom loss
och krälade snabbt tvärs över vägen.
En stolpe sköt upp och knäcktes—en skarp klang—den
flög bort i mörkret.
Tills det blev stilla. Jag satt kvar i selen
Och såg hur någon kom genom snöyran
för att se vad det blev av mig.

II

Jag har gått omkring länge
på de frusna östgötska fälten.
Ingen människa har varit i sikte.

I andra delar av världen
finns de som föds, lever, dör
i en ständig folkträngsel.

Att alltid vara synlig—leva
i en svärm av ögon—

而且喘一会儿气。

这时出现了一个抓地点：一颗救命的沙粒
或是一股美妙的风阻。汽车脱险了
并且快速地横爬过道路。
一根木柱射起并碎裂——尖利声响——
它飞入黑暗之中。
直到静止不动。我还在车座上坐着
等待有人穿过风雪到来
看看我成了什么样子。

二

在冰封的东约塔田野上
我已经奔走了很久。
没有看到任何人。

在世界的其他部分
在始终一贯的拥挤人群里
有人出生，活着，死去。

要始终能让人看见——活在
一大群眼睛之中——

måste ge ett särskilt ansiktsuttryck.
Ansikte överdraget med lera.

Mumlandet stiger och sjunker
medan de delar upp mellan sig
himlen, skuggorna, sandkornen.

Jag måste vara ensam
tio minuter på morgonen
och tio minuter på kvällen.
—Utan program.

Alla står i kö hos alla.

Flera.

En.

必须提供一种特殊的面部表情。

面部用泥土涂满。

喃喃细语升起又沉寂

同时他们自己在瓜分

天空、影子、沙子。

我必须独自一人

早晨十分钟

晚上十分钟

——没有日程。

人人都在人人那里排队。

好几个。

一个。

EFTER NÅGONS DÖD

Det var en gång en chock
som lämnade efter sig en lång, blek, skimrande
kometsvans.
Den hyser oss. Den gör TV—bilderna suddiga.
Den avsätter sig som kalla droppar på luftledningarna.

Man kan fortfarande hasa fram på skidor i vintersolen
mellan dungar där fjolårslöven hänger kvar.
De liknar blad rivna ur gamla telefonkataloger—
abonnenternas namn uppslukade av kölden.

Det är fortfarande skönt att känna sitt hjärta bulta.
Men ofta känns skuggan verkligare än kroppen.
Samurajen ser obetydlig ut
bredvid sin rustning av svarta drakfjäll.

某人死后

从前有过一次冲击
之后留下一条长而苍白、发光的彗星尾巴。
它收容了我们。它让电视图像模糊不清。
它积存起来就像空气管道上冷却的水滴。

你还可以在冬日阳光下在滑雪板上向前滑动
在那些去年的叶子依然悬挂的小丛林之间。
它们像是从陈旧的电话簿上撕下的纸页——
订户的姓名全被寒意吞没。

能感到自己心脏搏动依然是件美事。
但是常常感到影子比身体更加真实。
在黑色的铠甲装备旁边
武士看上去毫无意义。

UNDER TRYCK

Den blå himlens motordån är starkt.
Vi är närvarande på en arbetsplats i darrning,
där havskjupet plötsligt kan uppenbara sig—
snäckor och telefoner susar.

Det sköna hinner man bara se hastigt från sidan.
Den täta säden på åkern, många färger i en gul ström.
De oroliga skuggorna i mitt huvud dras dit.
De vill krypa in i säden och förvandlas till guld.

Mörkret faller. Vid midnatt går jag till sängs.
Den mindre båten sätts ut från den större båten.
Man är ensam på vattnet.
Samhällets mörka skrov driver allt längre bort.

压力之下

蓝天的马达轰鸣强劲有力。
我们处在一个震颤中的工地，
那里大海之深突然会打开——
海螺和电话机嘶鸣不已。

这美景只来得及从旁匆匆瞥视。
田地上谷物密集，金黄水流五彩缤纷，
我头脑中不安之影拉向那里，
它们想钻进谷物里变成金子。

黑暗降临。我在半夜上床，
大船解开了小船。
你一个人在水上，
社会黑暗的船身漂浮得越来越远。

EN KONSTNÄR I NORR

Jag Edvard Grieg rörde mig som en fri man bland
    människor.
Jag skämtade flitigt, läste aviserna, reste och for.
Jag ledde orkestern.
Auditoriet med sina lampor darrande av triumf som
    tågfärjan just när den lägger till.

Jag har dragit mig upp hit för att stångas med
    tystnaden.
Min arbetsstuga är liten.
Flygeln har det lika skavande trångt därinne som
    svalan under tegelpannan.

De vackra branta sluttningarna tiger för det mesta.
Det finns ingen passage
men det finns en lucka som öppnas ibland
och ett märkvärdigt sipprande ljus direkt från
    trollen.

Reducera!

一个北方艺术家

我，爱德华·格里格，作为一个自由人在人类中
　　活动。
我努力开玩笑，读报纸，旅行奔忙。
我领导乐队。
大厅带着它的灯光胜利晃荡，如刚靠岸时的火车
　　渡轮。

我来到这里是为了和沉默对抗。
我的工作室很小。
大钢琴夹挤在里面就如屋瓦下的燕子。

美丽的陡坡多半沉默无语。
没有通路
但有一个盖子时而打开
一道直接从山妖那里奇妙地渗透出的亮光。

减少吧！

Och hammarslagen i berget kom
kom
kom
kom in en vårnatt i vårt rum
förklädda till hjärtats slag.

Året innan jag dör ska jag sända ut fyra psalmer för
att spåra upp Gud.
Men det börjar här.
En sång om det som är nära.

Det som är nära.

Slagfält inom oss
där vi Dödas Ben
slåss för att bli levande.

而这山里的锤打在敲着

敲着

敲着

在一个春夜敲入我们的房间

装扮成心跳

我死前那年要送出四首赞美诗，为了找到上帝的
　　踪迹。

但从这里开始。

一首关于那近处的歌。

那近处。

我们内在的战场

在那里我们死亡之骨

为了生而搏斗。

IN DET FRIA

1

Senhöstlabyrint.

Vid skogens ingång en bortkastad tomflaska.

Gå in. Skogen är tysta övergivna lokaler så här års.

Bara några få slags ljud: som om någon flyttade
    kvistar Försiktigt med en pincett

eller ett gångjärn som gnyr svagt inne i en tjock stam.

Frosten har andats på svamparna och de har skrumpnat.

De liknar föremål och plagg som hittas efter försvunna.

Nu kommer skymningen. Det gäller att hinna ut

och återse sina riktmärken: det rostiga redskapet
    ute på åkern

och huset på andra sidan sjön, en rödbrun fyrkant
    stark som en buljongtärning.

2

Ett brev från Amerika satte igång mig, drev ut mig

en ljus natt i juni på tomma gator i förstaden

在自然中

1

晚秋的迷宫。

森林入口有个被扔掉的空瓶。

进入。这种季节森林是被放弃的宁静场地。

只有少许几种声音：好像有人用一把小镊子

　　小心地拨动枝杈

或是个铰链在一个粗树根里微弱地呜咽。

蘑菇上呼出了白霜，它们已经干瘪。

像是失落后重新找到的东西。

现在黄昏到来。需要赶紧出去

再看到那些地形标志：田地里生锈的农具

湖那边的房子，棕红色四方块如汤料骰子一样结实。

2

一封来自美国的信件让我行动，把我赶出去

郊外小镇空荡街道上一个六月的明亮夜晚

bland nyfödda kvarter utan minne, svala som
ritningar.

Brevet i fickan. Osaliga rasande vandring, den är ett
slags förbön.
Hos er har det onda och goda verkligen ansikten.
Det som hos oss mest är en kamp mellan rötter,
siffror, dagar.

De som går dödens ärenden skyr inte dagsljuset.
De styr från glasvåningar. De myllrar i solgasset.
De lutar sig fram över disken och vrider på huvudet.

Långt borta råkar jag stanna framför en av de nya
fasaderna.
Många fönster som flyter ihop till ett enda fönster.
Natthimlens ljus fångas in där och trädkronornas
vandring.
Det är en speglande sjö utan vågor, upprest i
sommarnarnatten.

Våld känns overkligt.
en kort stund.

没有记忆的新生小区中间，如蓝图一样凉爽。

信在衣袋里。不被保佑的狂走，那是一种祷告求情。

在你们那里恶与善确实有着容貌。

在我们这里最多的是根、数字和日光之间的争斗。

那些干死亡行径的并不羞见白日的光亮。

他们从玻璃楼层操纵。他们在阳光中成群如蚁。

他们向前俯身越过柜台，扭动头颈。

到了远处我偶尔停步在一座新楼房前面。

许多窗户移到一起变成了唯一的窗户。

夜空的光芒被捕捉进那里，在行走的树冠中。

无波无浪湖水如镜，直立在这夏夜。

短暂的片刻中

感到暴力不真实。

3

Solen bränner. Flygplanet går på låg höjd
och kastar en skugga i form av ett stort kors som
    rusar fram på marken.
En människa sitter på fältet och rotar.
Skuggan kommer.
Under en bråkdels sekund är han mitt i korset.

Jag har sett korset som hänger i svala kyrkvalv.
Det liknar ibland en ögonblicksbild
av något i häftig rörelse.

3

太阳燃烧。飞机在低空滑行
投下巨大十字形黑影，在地面上向前冲闯。
有个人坐在田野里翻掘拨弄。
黑影袭来。
有一刹那间他处在十字架中间。

我看见过挂在清冷教堂拱顶内的十字架。
有时它像是一张瞬间拍下的图片
迅疾动作中的某种事物。

MED ÄLVEN

Vid samtal med samtida såg hörde jag bakom deras
  ansikten strömmen
som rann och rann och drog med sig villiga och
  motvilliga.

Och varelsen med igenklistrade ögon
som vill gå mitt i forsen med ströms
kastar sig rakt fram utan att skälva
i en rasande hunger efter enkelhet.

Allt stridare vatten drar

som där älven smalnar och går över
i forsen—platsen där jag rastade
efter en resa genom torra skogar

en junikväll: Transistorn ger det senaste
om extrasessionen: Kosygin, Eban.
Några få tankar borrar förtvivlat.
Några få människor borta i byn.

顺流而下

与同时代人交谈时我看见听见他们面孔后面的河流
奔腾又奔腾，将自愿或不自愿的东西都裹挟而下。

而那些紧紧闭住眼睛的生物
愿意在湍急瀑布中顺流行进
将自己笔直抛向前方，毫不震颤
在一种追求简单的强烈饥渴中。

水流越来越湍急

就在河流变窄而转为瀑流之处——
在我停下休息的地方
在一次穿越干燥森林的旅行之后

一个六月之夜：收音机播出最新消息
有关特别会议：柯西金，埃班。
有些想法在绝望地钻孔。
有些人在远处的村子里。

Och under hängbron störtar vattenmassorna

förbi. Här kommer timret. Några trän
styr som torpeder rakt fram. Andra vänder
på tvären, snurrar trögt och hjälplöst hän

och några nosar sig mot älvens stränder,
styr in bland sten och bråte, kilas fast
och tornar upp sig där som knäppta händer

orörliga i dånet ...

    såg hörde jag från hängbron
i ett moln av mygg,
tillsammans med några pojkar. Deras cyklar
begravda i grönskan—bara hornen
stack upp.

而在吊桥之下水团互相冲撞着

经过。木头过来了。有些树干
如鱼雷笔直指向前方。其他的转为
横向，迟钝而无奈地向外旋转

而有些把头朝向这条河的两岸
冲进乱石和垃圾堆里卡住不动
在那里堆积着像手指交叉的手

在轰鸣中也不动……

　　我在吊桥上看见听见
在一团如云的蚊子中，
和几个男孩在一起。他们的脚踏车
埋葬在绿荫中——只有犄角
冒出。

DET ÖPPNA FÖNSTRET

Jag stod och rakade mig en morgon
framför det öppna fönstret
en trappa upp.
Knäppte igång rakapparaten.
Den började spinna.
Den surrade starkare och starkare.
Växte till ett dån.
Växte till en helikopter
och en röst—pilotens—trängde fram
genom dånet, skrek:
"Håll ögonen öppna!
Du ser det för sista gången."
Vi lyfter.
Flög lågt över sommaren.
Så mycket jag tyckte om, har det nån tyngd?
Dussintals dialekter av grönt.
Och särskilt det röda i trähusväggarna.
Skalbaggarna blänkte i dyngan, i solen.
Källare som dragits upp med rötterna
kom genom luften.

开启的窗户

一个早晨我站着刮胡子
在那开启的窗户前面
一层楼上。
启动剃须刀。
它开始转动。
它转得越来越有力。
成长为一片轰鸣。
成长为一架直升机
而一个声音——飞行员的声音——穿过轰鸣声
插进来，喊叫：
“睁大眼睛！
这是你最后一次看见它。”
我们升空。
低飞过这个夏天。
我喜欢的就这么多，它有什么重量吗？
十几种绿色的方言。
特别是那些木屋墙壁的红色。
甲虫们在粪堆里在阳光下闪耀。
连根拔起的地窖
穿过空气而来。

Verksamhet.

Tryckpressarna krälade.

Just nu var människorna

de enda som var stilla.

De höll en tyst minut.

Och särskilt de döda på lantkyrkogården

var stilla

som när man satt för en bild i kamerans barndom.

Flyg lågt!

Jag visste inte vart jag

vände mitt huvud—

med delat synfält

som en häst.

活动。

印刷机蠕动而行。

此时此刻只有人类

是唯一静止不动的。

他们静默一分钟。

尤其是那些乡村教堂墓地的死者

是静止不动的

就如在照相机童年时代那些坐着拍照的人。

低飞吧！

我不知道我的头

要转向哪里——

视野是分开的

就如一匹马。

UPPRÄTT

I ett ögonblick av koncentration lyckades jag fånga hönan, jag stod med den i händerna. Underligt, den kändes inte riktigt levande: stel, torr, en vit fjäderprydd gammal damhatt som skrek ut sanningar från 1912. Åskan hängde i luften. Från plankorna steg en doft som när man öppnar ett fotoalbum så ålderstiget att man inte längre kan identifiera porträtten.

Jag bar hönan till inhägnaden och släppte henne. Hon blev plötsligt mycket levande, kände igen sig och sprang enligt reglerna. Hönsgården är full av tabu. Men marken omkring är full av kärlek och av sisu. Till hälften övervuxen av grönskan en låg stenmur. När det skymmer börjar stenarna lysa svagt av den hundraåriga värmen från händerna som byggde.

Vintern har varit svår men det är sommar nu och marken vill ha oss upprätt. Fria men varsamma,

直立

在聚精会神的一瞬间，我成功地捕捉住那母鸡，双手抓着它站在那里。奇怪的是，感觉它不是真的活着：僵硬，干瘪，一顶白色鸡毛点缀的陈旧女帽，喊叫出来自 1912 年的真相。雷电悬在空气中。从木板里发出一种气味，就像打开一本陈旧的照相簿，陈旧到了无法再辨认出人像的地步。

我把那母鸡带到鸡舍把它放开。它突然变得非常有生气，熟悉环境，根据规则开始奔跑。母鸡场充满了禁忌。但是周围的土地充满了爱情以及争斗。一道低矮的石墙有一半覆盖着绿色。黄昏时分，这些石头开始微微散发出来自建筑这墙的手的百年的温热。

冬天曾经是艰辛难熬的，但是现在是夏天，土地愿意让我们直立。自由自在但是小心翼翼，就好像你

som när man står upp i en smal båt. Det dyker upp ett minne från Afrika: vid stranden av Chari, många båtar, en mycket vänlig stämning, de nästan blåsvarta människorna med tre parallella ärr på vardera kinden (S A R A—stammen). Jag är välkommen ombord—en kanot av mörkt trä. Den är förvånansvärt ranglig, också när jag sätter mig på huk. Ett balansnummer. Om hjärtat sitter på vänster sida måste man luta huvudet något åt höger, ingenting i fickorna, inga stora gester, all retorik måste lämnas kvar. Just det: retoriken är omöjlig här. Kanoten glider ut på vatten.

站在一条狭窄的船上。想起一段来自非洲的记忆：在卡利河的岸边，有许多船，有一种非常友好的气氛，而几乎青黑的人们在两颊上都有三条平行的伤疤（撒拉族）。他们欢迎我上船——一条黑木的独木舟。它摇摇晃晃令人惊骇，连我蹲着的时候也一样。一次平衡表演。如果心在左侧，那么你就要把头稍微偏向右侧，衣袋里没有东西，没有大的动作，所有的修辞都必须留下。正是如此：修辞在这里是不可能的。独木舟已在水上滑出。

TILL VÄNNER BAKOM EN GRÄNS

I

Jag skrev så kargt till er. Men det jag inte fick skriva
svällde och svällde som ett gammaldags luftskepp
och gled bort till sist genom natthimlen.

II

Nu är brevet hos censorn. Han tänder sin lampa.
I skenet flyger mina ord upp som apor på ett galler
ruskar till, blir still, och visar tänderna!

III

Läs mellan raderna. Vi ska träffas om 200 år
då mikrofonerna i hotellets väggar är glömda
och äntligen får sova, blir ortoceratiter.

给边界后面的朋友

一

我给你们写的如此乏味。而我不能写的
膨胀了又膨胀如老式的充气飞船
最后穿过夜空滑走。

二

此刻信在检查官那里。他打开灯。
灯光下我的词语飞升，像一个栅栏上的猴子
抖动身体，静止下来，露出牙齿！

三

请在字里行间读。我们将在两百年后相会
那时旅馆墙壁内的窃听器已被遗忘
而且终于可以安眠，变成三叶虫化石。

SKISS I OKTORBER

Bogserbåten är fräknig av rost. Vad gör den här så
långt inne i landet?
Den är en tung, slocknad lampa i kylan
Men träden har vilda färger. Signaler till andra
stranden!
Som om några ville bli hämtade.

På väg hem ser jag bläcksvamparna skjuta upp
genom gräsmattan.
De är de hjälpsökande fingrarna på en
som snyftat länge för sig själv i mörkret där nere.
Vi är jordens.

十月素描

这驳船锈迹斑斑。这船在内陆如此远的地方
　　做什么？
这是一盏沉重的、在寒冷中熄灭的灯。
但是树木有狂野的颜色。给对岸发出信号！
就好像有些人愿意接送过来。

回家的路上我看到墨汁蘑菇穿过草坪钻出来。
它们是寻求帮助的手指
在底下的黑暗中已经为自己哭泣了很久。
我们属于大地。

POSTERINGEN

Jag beordras ut i en hög med stenar
som ett förnämt lik från järnåldern.
De andra är kvar i tältet och sover
utsträckta som ekrar i ett hjul.

I tältet härskar kaminen: en stor orm
som svalt ett klot av eld och väser.
Men det är tyst här ute i vårnatten
bland kalla stenar som bidar ljuset.

Här ute i kölden börjar jag flyga
som en schaman, jag flyger till hennes kropp
med de vita fläckarna efter baddräkten—
vi var mitt i solen. Mossan var varm.

Jag stryker längs varma ögonblick
men får inte stanna där länge.
De visslar mig tillbaka genom rymden—
jag kryper fram bland stenarna. Här och nu.

站岗

我受命站在外面的石头堆中
像一具铁器时代的尊贵尸体。
其他人都留在帐篷里睡觉
舒展开就如一个轮子上的辐条。

在帐篷里是火炉主宰：一条大蛇
吞食掉了一个火球且嘶嘶鸣叫。
但是这外面的春夜里静悄无声
在等待天光的冰冷石头之中。

在这外面的寒冷中我开始飞翔
好像一个巫师，我飞到她的身体
身体还带有游泳衣留下的白色痕迹——
我们在阳光之中。青苔温暖。

我依偎着温暖的瞬间
但是不能在那里停留太久。
它们通过空间向我吹回口哨——
我在石头中爬向前。此地此时。

Uppdrag: att vara där man är.
Också i den löjliga gravallvarliga
rollen—jag är just den plats
där skapelsen arbetar på sig själv.

Det dagas, de glesa trädstammarna
har färger nu, de frostbitna
vårblommorna går tyst skallgång
efter någon som försvann i mörkret.

Men att vara där man är. Och vänta.
Jag är ängslig, envis, förvirrad.
Kommande händelser, de finns redan!
Jag känner det. De finns utanför:

en sorlande folkmassa utanför spärren.
De kan bara passera en och en.
De vill in. Varför? De kommer
en och en. Jag är vändkorset.

任务：要在你现在的地方
而且也就是那可笑而非常严肃的
角色——我就是这个地点
造物主在这里制作着自己。

天亮了，那些稀疏的树干
现在有了色彩，那些霜打的
春天的花朵静悄悄行走
搜寻某个在黑暗中失踪的人。

但要在你现在的地方。而且等待。
我焦急不安，固执，困惑。
将发生的事情，它们已经发生！
我能感觉到。它们已经在外面：

在路障外有一群嘈杂吵闹的人。
他们只能一个又一个地通过。
他们愿意进入。为什么？他们过来了
一个又一个。我是个十字转门。

ÖSTERSJÖAR V

30 juli. Fjärden har blivit excentrisk—idag vimlar
maneterna för första gången på åratal, de
pumpar sig fram lugnt och skonsamt, de hör
till samma rederi: AURELIA, de driver som
blommor efter en havsbegravning, tar man upp
dem ur vattnet försvinner all form hos dem,
som när en obeskrivlig sanning lyfts upp ur
tystnaden och formuleras till död gelé, ja de är
oöversättliga, de måste stanna i sitt element.
2 augusti. Någonting vill bli sagt men orden går inte
med på det.
Någonting som inte kan sägas,
Afasi,
det finns inga ord men kanske en stil ...

Det händer att man vaknar om natten
och kastar ner några ord snabbt
på närmaste papper, på kanten av en tidning
(orden strålar av mening!)
men på morgonen: samma ord säger ingenting

波罗的海 之五

7 月 30 日。海湾已变得怪异——今天海蜇多年来头一次聚集，它们平静而温和地充胀着前来，它们属于同一家轮船公司："奥列丽娅"[1]，它们像一次海的葬礼之后的花朵漂动，把它们从水里捞出来它们的所有形式就消失，就如把一个无法描述的真实从沉默中提起，形成了僵死的凝固体，是的，它们是不可转译的，它们必须停留在自己的原质之中。

8 月 2 日。有些事情要说，但词语却不同意。

有些事情无法说。

失语症。

没有词但可能有一种风格……

有时你在夜里醒来

在最近的纸上，在报纸的边缘

迅速抛下几个词

（这些词闪着意义的光芒！）

但是到了早晨：同样的词不再说明什么，成了涂鸦，

1 奥列丽娅是西方常见女性名字，表示金色，但又是海蜇学名。

längre, klotter, felsägningar,
Eller fragment av den stora nattliga stilen som drog
förbi?

Musiken kommer till en människa, han är tonsättare,
spelas, gör karriär, blir chef för konservatoriet.
Konjunkturen vänder, han fördöms av myndigheterna.
Som huvudåklagare sätter man upp hans elev K***.
Han hotas, degraderas, förpassas.
Efter några år minskar onåden, han återupprättas.
Då kommer hjärnblödningen: högersidig förlamning
med afasi, kan bara uppfatta korta fraser, säger
fel ord.
Kan alltså inte nås av upphöjelse eller fördömanden.
Men musiken finns kvar, han komponerar fortfarande
i sin egen stil,
han blir en medicinsk sensation den tid han har
kvar att leva.

Han skrev musik till texter han inte längre förstod—
på samma sätt
uttrycker vi något med våra liv
i den nynnande kören av felsägningar.

胡言乱语。

或者那巨大的夜间风格的残片已经一闪而过？

音乐向一个人走来，他是作曲家，演奏，成名，成为音乐学校校长。

时运倒转，他遭到当局批判。

他的学生 K××× 成了主要检举人。

他遭到威胁，降职，放逐。

数年后，处分减轻，他被平反。

这时来了脑溢血：右侧偏瘫加失语症，只能理解简短词组，说错词汇。

提升或批评也都无关痛痒。

但音乐还在，他依然以自己的风格作曲，

还剩下的生存时间里他成为一个医学的轰动新闻。

他给他不再能理解的歌词谱曲——

用同样的方式

在哼哼胡言乱语的合唱队里

我们表述一点我们的生活。

Dödsföreläsningarna pågick flera terminer. Jag var
närvarande
tillsammans med kamrater som jag inte kände
(vilka är ni?)
—efteråt gick var och en till sitt, profiler.

Jag såg mot himlen och mot marken och rakt fram
och skriver sen dess ett långt brev till de döda
på en maskin som inte har färgband bara en
horisontstrimma
så orden bultar förgäves och ingenting fastnar.

Jag står med handen på dörrhandtaget, tar pulsen på
huset.
Väggarna är så fulla av liv
(barnen vågar inte sova ensamma uppe på kammaren—
det som gör mig trygg gör dom oroliga).

3 augusti. Där ute i det fuktiga gräset
hasar en hälsning från medeltiden: vinbergssnäckan
den subtilt grågulglimmande snigeln med sitt hus
på svaj,
inplanterad av munkar som tyckte om escargots—ja
franciskanerna var här,

死亡讲座进行了几个学期。我出席了
和我不认识的同学们一起
（你们是哪些人？）
　　然后一个个分头离去，侧影。

我向天空向大地向正前方看
——然后给那些死者写一封长信
用一架没有色带只有水平调整的打字机
因此徒劳敲打词汇没有任何东西留下。

我手握门把站着，给这房子把脉。
墙壁都充满生命
（孩子们不敢独自在上面的房间睡觉——
　　让我安然无事的却让他们不安。）

8 月 3 日。在外面潮湿的草上
潜行着一个来自中世纪的问候：食用蜗牛
这精致的闪着灰黄光泽的蜗牛带着它歪斜的蜗壳
是那些喜欢“蜗牛”的僧侣们养殖的——
是的，圣芳济派教士们到过这里，

bröt sten och brände kalk, ön blev deras 1288, donation
    av kung Magnus
("Tessa almoso ok andra slika / the möta honom nw
    i hymmerike")
skogen föll, ugnarna brann, kalken seglades in
till klosterbyggena ...
    Syster snigel
står nästan stilla i gräset, känselspröten sugs in
och rullas ut, störningar och tveksamhet ...
Vad den liknar mig själv i mitt sökande!

Vinden som blåst så noga hela dagen
—på de yttersta kobbarna är stråna allesammans
    räknade—
har lagt sig ner stilla inne på ön. Tändstickslågan
    står rak.
Marinmålningen och skogsmålningen mörknar
    tillsammans.
Också femvåningsträdens grönska blir svart.
"Varje sommar är den sista." Det är tomma ord
för varelserna i sensommar midnatten
där syrsorna syr på maskin som besatta
och Östersjön är nära

破碎石头，烧制石灰，1288 年岛成了他们的，国王
　　马格努斯的馈赠
（诸如此类施舍 / 于天国与之会合）
森林倒下，火炉燃烧，石灰航行到修道院中……
　　蜗牛修女
在草中几乎静立不动，触须缩入
又卷出，有干扰和怀疑
它多么像我自己在我的寻找之中！

足足刮了一整天的风
——在最外边的小岛上草茎全都被数过了——
在这个岛上已经平静下来。火柴的火苗直立。
海景图画和森林图画一起变暗。
还有五层楼高大树木的绿成为黑色。
“每个夏天都是最后一个夏天。”这些词语
对于晚夏夜半的生物空洞无意义
蟋蟀们在机器上发狂地缝纫
而波罗的海就在近旁

och den ensamma vattenkranen reser sig bland
törnrosbuskarna
som en ryttarstaty. Vattnet smakar järn.

那孤独的水龙头在带刺玫瑰丛中站起来

好像一个骑士雕像。这水带着铁味。

CITOYENS

Natten efter olyckan drömde jag om en koppärrig
man
som gick och sjöng i gränderna.
Danton!
Inte den andre—Robespierre tar inte såna promenader.
Robespierre gör omsorgsfullt toalett en timme på
morgonen,
resten av dygnet ägnar han åt Folket.
I pamfletternas paradis, bland dygdens maskiner.
Danton—
eller den som bar hans mask—
stod som på styltor.
Jag såg hans ansikte underifrån:
som den ärriga månen,
till hälften i ljus, till hälften i sorg.
Jag ville säga något.
En tyngd i bröstet, lodet
som får klockorna att gå,
visarna att vrida sig: år 1, år 2 ...
En frän doft som från sågspånen i tigerstallarna.

公民

事故后的晚上我梦见一个满脸天花瘢痕的人
在小巷里边走边唱。
丹东！
不是另一个人——罗伯斯比尔不会这样散步。
罗伯斯比尔早晨总要在卫生间精心打扮一小时，
而这天的其余时间他都交给了“人民”。
在小册子的天堂里，在美德的机器之间。
丹东——
或那个戴着他的面具的人——
就像踩在高跷之上。
我从下面看见他的面孔：
就像那个布满瘢痕的月亮，
一半在光线里，一半在悲痛中。
我愿意说些什么。
胸中的一点重量，那钟锤
能让时钟走动，
指针在转动：第一年，第二年……
一种来自老虎笼里锯木屑的恶臭气味。

Och—som alltid i drömmen—ingen sol.

Men murarna lyste

i gränderna som krökte sig

ner mot väntrummet, det krökta rummet,

väntrummet där vi alla ...

而且——梦中总是如此——没有太阳。

但是在弯弯曲曲的小巷里

墙壁都被照亮

巷子向下通往候审室，那弯曲的屋子，

一个候审室，在那里我们大家都会……

GLÄNTAN

Det finns mitt i skogen en oväntad glänta som bara kan hittas av den som gått vilse.

Gläntan är omsluten av en skog som kväver sig själv. Svarta stammar med lavarnas askgrå skäggstubb. De tätt samman—skruvade träden är döda ända upp i topparna där några enstaka gröna kvistar vidrör ljuset. Därunder: skugga som ruvar på skugga, kärret som växer.

Men på den öppna platsen är gräset underligt grönt och levande. Här ligger stora stenar, liksom ordnade. De måste vara grundstenarna i ett hus, jag kanske tar fel. Vilka levde här? Ingen kan ge upplysning om det. Namnen finns någonstans i ett arkiv som ingen öppnar (det är bara arkiven som håller sig unga). Den muntliga traditionen är död och därmed minnena. Zigenarstammen minns men de skrivkunnig glömmer. Anteckna och glöm.

Torpet sorlar av röster, det är världens centrum. Men invånarna dör eller flyttar ut, krönikan

林间空地

森林中间有一块出人意料的空地，只有迷路的人能找到那里。

林间空地被一片自己围堵起来的森林封闭着。黑色树干有着青苔的烟灰色胡须。它们密密麻麻——扭转在一起的树木直到树梢都已经枯死，只有树梢上某些个别的绿色枝杈还能触及亮光。在下面：是黑影在滋养着黑影，是沼泽地在生长。

然而，在这空旷的地方，草绿得出奇，充满生机。这里有巨大的石头，好像是有人排列起来的。这必定是一座房子的基石，但我也可能会弄错。谁曾住在这里？没有人能够作出说明。姓名在没人打开过的某件档案里的什么地方（只有这档案会保持年轻）。口头的传统已经死亡，所以记忆也死亡了。吉卜赛人还有记忆，但是那些能写的人都忘记了。做了笔记然后遗忘。

农舍一片嗡嗡的人声，这里是世界的中心。但是居住在这里的人已经死亡，或者是搬走了。编年

upphör. Det står öde i många år. Och torpet blir en sfinx. Till slut är allt borta utom grundstenarna. På något sätt har jag varit här förut, men måste gå nu. Jag dyker in bland snåren. Det går bara att tränga sig igenom med ett steg framåt och två åt sidan, som en schackspringare. Så småningom glesnar det och ljusnar. Stegen blir längre. En gångstig smyger sig fram till mig. Jag är tillbaka i kommunikationsnätet.

På den nynnande kraftledningsstolpen sitter en skalbagge i solen. Under de glänsande sköldarna ligger flygvingarna hopvecklade lika sinnrikt som en fallskärm packad av en expert.

史中断了。房子已荒废多年。于是农舍变成了一个狮身人面的斯芬克斯像。最后一切消失，只有基石还在。我曾经以某种方式到过这里，但是我现在必须走。我潜入了灌木丛中。只能努力挤过去，向前一步，往旁边再跨两步，就好像是象棋里跳马的步子。于是森林逐渐稀疏，也更亮。步子可以跨得更大。一条小径蜿蜒向前到了我脚下。我回到了能与人沟通的网络。

在低声哼唱的电线杆上有一只甲虫坐在阳光里。在那闪耀的甲壳之下飞行用的翅膀已收折起来，就像一个专家包装起来的降落伞一样巧妙。

SCHUBERTIANA

I

I kvällsmörkret på en plats utanför New York, en
    utsiktspunkt där man med en enda blick
kan omfatta åtta miljoner människors hem.
Jättestaden där borta är en lång flimrande driva, en
    spiral galax från sidan.
Inne galaxen skjuts kaffekoppar över disken,
    skyltfönstren tigger av förbipasserande, ett
    vimmel av skor som inte sätter några spår.
De klättrande brandstegarna, hissdörrarna som
    glider ihop, bakom dörrar med polislås ett
    ständigt svall av röster.
Hopsjunkna kroppar halvsover i tunnelbanevagnarna,
    de framrusande katakomberna.
Jag vet också—utan all statistik—att just nu spelas
    Schubert i något rum där borta och att
    för någon är de tonerna verkligare än allt det
    andra.

有关舒伯特

一

纽约城外某个地方的暗夜中，能一眼就遍观八百万人
　　家的一个景点
巨城那边是一个长长而闪烁的光团，一个侧面呈螺
　　旋状的星座。
在星座里面，咖啡杯推过柜台，橱窗向路过的行人乞
　　讨，一片密集的鞋子不留痕迹。
攀升的消防梯，滑闭上的电梯门，带警锁的门后总是
　　一片人声鼎沸
瘫软的身子在地铁车厢里半醒半睡，如置身于向前突
　　进的地下墓穴。
我也知道——无需统计——那边某间屋子里此刻在
　　弹奏着舒伯特
　　对于某个人，这些音调比其他一切更真实。

II

Människohjärnans ändlösa vidder är hopskrynklade
till en knytnäves storlek.
I april återvänder svalan till sitt fjolårsbo under
takrännan på just den ladan i just den socknen.
Hon flyger från Transvaal, passerar ekvatorn, flyger
under sex veckor över två kontinenter, styr
mot just denna försvinnande prick i landmassan.
Och han som fångar upp signalerna från ett helt liv
i några ganska vanliga ackord av fem stråkar
han som får en flod att strömma genom ett nålsöga
är en tjock yngre herre från Wien, av vännerna
kallad ”Svampen”, som sov med glasögonen på
och ställde sig punktligt vid skrivpulpeten om
morgonen.
Varvid notskriftens underbara tusenfotingar satte
sig i rörelse.

III

De fem stråkarna spelar. Jag går hem genom ljumma
skogar med marken fjädrande under mig

二

人脑无尽头的天地收缩成拳头大小。
四月里燕子返回这教区这牛棚这屋檐下它去年的
巢穴。
它从特兰斯瓦尔起飞，飞过赤道，六个星期里飞过两
个大陆，直奔在
陆地上消失的这个点。
而他从五根弦相当寻常的和弦里捕捉来自一个完整人
生的信号
他让一条河流穿过一个针眼
他是一个来自维也纳、被朋友们称作“蘑菇”的年轻
矮胖绅士，睡觉还戴着眼镜而且
每天早上准时站到写字台前。
于是乐谱奇妙的百足蜈蚣在那里开始蠕动。

三

那五根弦在演奏。我穿过温暖的森林回家，地面在我
脚下弹跳

kryper ihop som en ofödd, somnar, rullar viktlös in i framtiden, känner plötsligt att växterna har tankar.

IV

Så mycket vi måste lita på för att kunna leva vår dagliga dag utan att sjunka genom jorden!

Lita på snömassorna som klamrar sig fast vid bergsluttningen ovanför byn.

Lita på tysthetslöftena och samförståndsleendet, lita på att olyckstelegrammen inte gäller oss och att det plötsliga yxhugget inifrån inte kommer.

Lita på hjulaxlarna som bär oss på motorleden mitt i den trehundra gånger förstorade bisvärmen av stål.

Men ingenting av det där är egentligen värt vårt förtroende.

De fem stråkarna säger att vi kan lita på någonting annat.

På vad? På någonting annat, och de följer oss en bit på väg dit.

Som när ljuset slocknar i trappan och handen följer—med förtroende—den blinda ledstången som hittar i mörkret.

蜷曲起来如一个胎儿，睡去，毫无重量地滚入未来，
突然感到这些植物具有思想。

四

我们必须相信的东西如此之多，为了能在应付日常生活时不会穿过地球沉沦！
相信紧贴在这村庄上方山崖陡坡上的积雪。
相信无声的许诺和默契的微笑，相信灾难电报与我们无关，而不会有从内部突如其来的斧子砍伐。
相信车轴能载着我们在公路上前行，就在放大三百倍的钢铁蜂群中间。
但是这些东西中没有一件本身就值得我们信赖。
那五根弦说，我们可以相信别的东西。
相信什么？相信别的东西，去那里的路上它们跟随了我们一段。
如同灯光在楼梯处熄灭而手跟随着——带着信赖——盲人的导路杆，在黑暗中找路。

V

Vi tränger ihop oss framför pianot och spelar med
fyra händer i f-moll, två kuskar på samma
ekipage, det ser en aning löjligt ut.
Händerna tycks flytta klingande vikter fram och
tillbaka, som om vi rörde motvikterna
i ett försök att rubba den stora vågarmens ohyggliga
balans: glädje och lidande väger precis lika.
Annie sa "den här musiken är så heroisk", och det är sant.
Men de som sneglar avundsjukt på handlingens
män, de som innerst inne föraktar sig själva för
att de inte är mördare
de känner inte igen sig här.
Och de många som köper och säljer människor och
tror att alla kan köpas, de känner inte igen sig här.
Inte deras musik. Den långa melodin som är sig själv i
alla förvandlingar, ibland glittrande och vek, ibland
skrovlig och stark, snigelspår och stålwire.
Det envisa gnolande som följer oss just nu
uppför
djupen.

五

我们挤在钢琴前面，四手联弹 f 小调，如两个车夫在
同一马车上，看上去有点滑稽。
感觉这些手在来回移动中叮咚作响的重量，仿佛我们
正在摆弄秤砣
作一种尝试，要搅乱天平令人不快的平衡：痛苦和欢
乐重量正好一样。
安妮说“这音乐有英雄气息”，此话千真万确。
但那些妒忌地睥睨做这行事者的人，内心最深处因为
自己不是杀人犯而自卑的人，
他们在这里感觉不到自己。
买卖人口、以为人人都可以用钱收买的很多人，他们
在这里感觉不到自己。
不是他们的音乐。这悠长的旋律在所有变奏中，时而
闪烁而微弱，时而粗糙而坚强，蜗牛印迹和钢
缆，但始终还是本身。
固执的哼唱此刻跟随着我们
登上
这深处。

HEMÅT

Ett telefonsamtal rann ut i natten och glittrade på
landsbygden och i förstäderna.
Efteråt sov jag oroligt i hotellsängen.
Jag liknade nålen i en kompass som orienteringslöparen
bär genom skogen med Bultande hjärta.

回家

电话交谈在夜间流出并在乡村和城郊闪烁。

此后我在旅馆的床上辗转反侧无法安眠。

我就像穿越森林心脏狂跳的越野定向赛跑者携带的
罗盘上的指针。

MINNENA SER MIG

En junimorgon då det är för tidigt
att vakna men för sent att somna om.

Jag måste ut i grönskan som är fullsatt
av minnen, och de följer mig med blicken.

De syns inte, de smälter helt ihop
med bakgrunden, perfekta kameleonter.

De är så nära att jag hör dem andas
fast fågelsången är bedövande.

记忆看着我

一个六月早晨，醒来还太早
但是重新入睡又太晚。

我得出去，进入充满记忆的绿荫，
而这些记忆用目光跟随着我。

它们看不见，它们和背景融合
全然一体，完美的变色蜥蜴

它们近得让我能听见它们呼吸
尽管鸟的歌唱也让人失去听力。

STATIONEN

Ett tåg har rullat in. Här står vagn efter vagn,
men inga dörrar öppnas, ingen går av eller på.
Finns några dörrar ens? Därinne vimlar det
av instängda människor som rör sig av och an.
De stirrar ut genom de orubbliga fönstren.
Och ute går en man längs tåget med en slägga.
Han slår på hjulen, det klämtar svagt. Utom just här!
Här sväller klangen ofattbart: ett åsknedslag,
en domkyrkoklockklang, en världsomseglarklang
som lyfter hela tåget och nejdens våta stenar.
Allt sjunger. Ni ska minnas det. Res vidare!

车站

一列火车已驰进站。这里车厢连着车厢，
但是没有车门打开，没有人下车或上车。
到底有没有车门？里面聚集着人，
被关在里面的人在来回活动。
他们透过那些坚定不移的窗户向外凝望。
而车外有个提着铁锤的人沿着火车走。
他敲打车轮，敲出微弱声响。但就在这里！
声音在这里不可思议地膨胀：一声雷击，
一个教堂大钟的声音，一个航行世界的声音
能把整列火车和这个地方潮湿的石头举起。
一切都在歌唱。你们将会记得。继续旅行吧！

DEN BLÅ HUSET

Det är en natt med strålande sol. Jag står i den täta skogen och ser bort mot mitt hus med sina disblåa väggar. Som om jag vore nyligen död och såg huset från en ny vinkel.

Det har stått mer än åtti somrar. Dess trä lär impregnerat med fyra gånger glädje och tre gånger sorg. När någon som bott i huset dör målas det om. Den döda personen målar själv, utan pensel, inifrån.

På andra sidan är det öppen terräng. Förr en trädgård, nu förvildad. Stillastående brottsjöar av ogräs, pagoder av ogräs, framvällande text, upanishader av ogräs, en vikingaflotta av ogräs, drakhuvuden, lansar, ett ogräsimperium!

Över den förvildade trädgården flaxar skuggan av en bumerang som kastas gång på gång. Det har samband med en som bodde i huset långt före min tid. Nästan ett barn. En impuls utgår från honom, en tanke, en viljetanke: ”skapa … rita …” För att hinna ut ur sitt öde.

蓝房子

这是一个阳光四射的夜晚。我站在密密的森林中，远眺着带瓦蓝色墙壁的我的房子。好像我刚刚死去，是从一个新的角度看着这座房子。

它已经矗立在那里八十多个夏天。房子的木头里饱含四倍的欢乐，三倍的悲哀。当住在房子里的人去世的时候，房子就重漆一次。死者会自己漆，不用刷子，从里边漆。

房子另一边是那片开阔地。曾是花园，如今已荒芜。荒草如静立不动的波浪，荒草如座座宝塔，荒草如向前涌来的文本，梵文《奥义书》书页，荒草如海盗船队，如龙头，如长矛，一个荒草帝国！

在这个荒芜的花园之上，一个一次又一次抛出的飞去来器的阴影鼓翼而飞。这和很久之前住在这儿的一个人有关系。差不多还是个孩子。出自他的一种冲动，一种思想，一种行动意志般的思想："创作……绘画……"为了摆脱自己的命运。

Huset liknar en barnteckning. En ställföreträdande barnslighet som växte fram därför att någon alltför tidigt avsade sig uppdraget att vara barn. Öppna dörren, stig in! Här inne är oro i taket och fred i väggarna. Över sängen hänger en amatörtavla, föreställande ett skepp med sjutton segel, fräsande vågkammar och en vind som den förgyllda ramen inte kan hejda.

Det är alltid så tidigt här inne, det är före vägskälen, före de oåterkalleliga valen. Tack för det här livet! Ändå saknar jag alternativen. Alla skisser vill bli verkliga.

En motor på vattnet långt borta tänjer ut sommarnattens horisont. Både glädje och sorg sväller i daggens förstorings glas. Vi vet det egentligen inte, men anar det: det finns ett systerfartyg till vårt liv, som går en helt annan trad. Medan solen brinner bakom öarna.

那房子像一张儿童画。有一种代表性的稚气在成长，因为某人过早地放弃了做孩子的任务。打开门，进来！房子里面，不安在天花板里，而安宁在墙内。床头上悬挂着一张业余画家的画作，表现的是一条有十七张帆的船，呼啸而来的浪头，以及那个镀金画框都阻挡不住的一股风。

房子里面始终是如此早年，在那歧路之前，在不可更改的选择之前。我为此生感谢上苍！但我依然怀念另一种选择。所有那些素描都想成为现实。

很远处水面上的一艘摩托艇延伸出夏夜的地平线。欢乐与悲哀都在露水的放大镜中膨胀。我们事实上无从知道，但可以想象：我们的生活有一条姐妹船，走的是一条完全不同的航线。此时太阳在群岛后面燃烧。

SVARTA VYKORT

I

Almanackan fullskriven, framtid okänd.
Kabeln nynnar folkvisan utan hemland.
Snöfall i det blystilla havet. Skuggor
brottas på kajen.

II

Mitt i livet händer att döden kommer
och tar mått på människan. Det besöket
glöms och livet fortsätter. Men kostymen
sys i det tysta.

黑色明信片

一

日历簿已写满，未来不可知。
电缆哼唱没有祖国的民谣。
落雪在如铅般沉静的海上。影子们
　　在码头上格斗。

二

生命中途会发生死亡到来之事
而且测量人的尺寸。这次访问
会被遗忘而生活继续。但是服装
　　已在无声中缝制。

CARILLON

Madame föraktar sina gäster därför att de vill bo på
hennes sjaskiga hotell.
Jag har hörnrummet på andra våningen: en usel
säng, en glödlampa i taket.
Egendomligt nog tunga draperier där en kvarts
miljon osynliga kvalster är på marsch.

Utanför drar en gågata förbi
med långsamma turister, snabba skolungar,
arbetsklädda män som leder skramlande cyklar.
De som tror att de får jorden att snurra och de som
tror att de hjälplöst snurrar i jordens grepp.
En gata där vi alla går, var mynnar den ut?

Rummets enda fönster vetter mot någonting annat:
Det Vild Torget,
en mark som jäser, en stor skälvande yta, ibland full
av folk och ibland öde.

卡利隆[1]

女士瞧不起她的房客因为他们愿意住在
　　她的破旧不堪的旅店。
我的房间在二楼的角落：一张破床，
　　屋顶一盏点灯泡的灯。
够奇怪的是沉重的帷幔上面有二十五万
　　看不见的螨虫在游行。

外面有一条步行街经过
有慢慢踱步的游客，匆匆忙忙的小学生，
　　穿工作服的男人推着叮当作响的脚踏车。
那些相信能让地球旋转的人和那些
　　相信他们在地球控制下无助地旋转的人。
一条我们大家行走的街道，它的尽头在哪儿？

房间唯一的窗户朝着另外的东西：
　　狂野的广场，
一块发酵的土地，一块巨大而震颤的空地，
　　有时挤满了人，有时荒凉无人。

1　卡利隆 = 教堂敲钟声。本诗 1982 年秋作于布鲁格。

Det jag har inombords materialiseras där, all skräck,
alla förhoppningar.
Allt det otänkbara som ändå skall hända.

Jag har låga stränder, om döden stiger två decimeter
översvämmas jag.

Jag är Maximilian. Året är 1488. Jag hålls inspärrad
här i Brügge
därför att mina fiender är rådvilla—
de är onda idealister och vad de gjort på fasornas
bakgård kan jag inte beskriva, kan inte förvandla
blod till bläck.

Jag är också mannen i overall som drar sin skramlande
cykel nere på gatan.

Jag är också den som syns, turisten som går och
stannar upp, går och stannar upp
och låter blicken vandra över de gamla målningarnas
månbrända bleka ansikten och svallande tyg.

我的内心世界在那里化为物质，一切恐惧，一切
　　希望。
所有不可想象却还会发生的事情。

我的岸很低，只要死亡上涨两分米
　　我就会被淹没。

我是马克西米连[1]。该年是1488年。我被囚禁
　　在布鲁格这里
因为我的敌人举棋不定——
他们是邪恶的唯心主义者而我无法描述
　　他们在令人恐惧的后院里干了什么，
　　我无法把鲜血改变成墨水。

我也是穿着工作服的男人，推着叮当作响的脚踏车
　　走上这条街。

我也是那个看得见的人，那个走走停停
　　又走走停停的游客
让目光在那些古老的绘画上流连徘徊
　　看画上月光照得苍白的面容和起伏的画布。

1　马克西米连，后称皇帝马克西米连一世，1488年被囚于布鲁格，其追随者皆被处死。

Ingen bestämmer vart jag ska gå, allra minst jag
själv, ändå är varje steg där det måste.
Att gå omkring i de fossila krigen där alla är osårbara.
därför att alla är döda!

De dammiga lövmassorna, murarna med sina
gluggar, trädgårdsgångarna där förstenade tårar
knastrar under klackarna ...

Oväntat som om jag klivit på en snubbeltråd sätter
klockspelet igång i det anonyma tornet.
Carillon! Säcken spricker upp i sömmarna och
tonerna rullar ut över Flandern.
Carillon! Klockornas kuttrande järn, psalm och
slagdänga, allt i ett, och darrande skrivet i luften.
Darrhänta doktorn skrev ut ett recept som ingen
kan tyda men handstilen känns igen ...

Över tak och torg, gräs och gröda,
ringer klockorna mot levande och döda.
Svårt att skilja på Krist och Antikrist!
Klockorna flyger oss hem till sist.

没人决定我应该走向何处，至少我自己不能

但是每一步依然在必行之路。

在那些已成化石而人人都不会受伤的战争里转悠

因为人人都已经死亡！

那些落满尘土的树叶堆，带着缺口的墙垣

花园的过道上石化的眼泪

在鞋跟的下面噼啪作响……

就好像我出乎意料地跨上了一条绊脚绳

那无名钟楼上的钟声开始敲响。

卡利隆！麻袋在接缝处裂开而

音调在弗兰德平原上滚过。

卡利隆！钟上细声说话的铁、赞美诗和敲击——全然

一体，而且震颤地写入空中。

手发抖的医生开出一个药方，没有人可以

解释清楚但笔迹却可以辨认……

在房顶和广场上，在青草和绿地上，

钟声对着生者和死者敲响。

难以区分基督徒和异教徒！

钟声最终带我们飞回家。

De har tystnat.

Jag är tillbaka på hotellrummet: sängen, lampan,
draperierna. Det hörs konstiga ljud här, källaren
släpar sig uppför trapporna.

Jag ligger på sängen med armarna utbredda.
Jag är ett ankare som grävt ner sig ordentligt och
håller kvar
den väldiga skuggan som flyter där ovan,
det stora okända som jag är en del av och som säkert
är viktigare än jag.

Utanför drar gågatan förbi, gatan där mina steg dör
bort och likaså det skrivna, mitt förord till tystnaden,
min avigvända psalm.

它们已经安静下来。

我回到旅店的房间：这床，这灯，
　　这帷幔。这里能听到奇怪的响声，地下室
　　将自己拖上楼梯。

我躺在床上双臂伸开。
我是个实实在在挖下去的锚
　　拉住不动的
是上面漂浮的巨大阴影，
是我也属于其中一部分的那个巨大未知物
　　它肯定比我更加重要。

外面有一条步行街经过，我的脚步死去在那里的街道
　　还有写下的东西，我为安静写的前言，
　　我的颠倒的赞美诗。

GATOR I SHANGHAI

1

Den vita fjärilen i parken blir läst av många.
Jag älskar den där kålfjärilen som om den vore ett
fladdrande hörn av sanningen själv!

I gryningen springer folkmassorna igång vår tysta
planet.
Då fylls parken av människor. Åt var och en åtta
ansikten polerade som jade, för all situationer,
för att undvika misstag.
Åt var och en också det osynliga ansiktet som
speglar "något man inte talar om".
Något som dyker upp i trötta stunder och är fränt
som en klunk huggormsbrännvin med den långa
fjälliga eftersmaken.

Karparna i dammen rör sig ständigt, de simmar
medan de sover, de är föredömen för den troende:
alltid i rörelse.

上海的街道

一

那花园里的白色蝴蝶有很多人读过。
我爱这只菜蝶好像它是真理本身扑扇飞舞的
　　一角！

黎明中人们奔跑带动我们宁静的地球。
花园里到处是人。人人都八面玲珑，为应付各种情
　　况，为避免错误。
人人也都有看不见的面孔，反映出“某事不可言传”。
这事在疲惫时刻才出现，像一口蝮蛇酒那样恶臭带有
　　那种长久的鱼鳞的余味。

池塘里的鲤鱼动个不停，一边睡觉一边游动，
　　它们是信仰者的楷模：总在运动之中。

2

Det är mitt på dagen. Tvättkläderna fladdrar i den
gråa havsvinden högt över cyklisterna
som kommer i täta stim. Lägg märke till
sidolabyrinterna!
Jag är omgiven av skrivtecken som jag inte kan tyda,
jag är alltigenom analfabet.
Men jag har betalat det jag skulle och har kvitto på
allt.
Jag har samlat på mig så många oläsliga kvitton.
Jag är ett gammalt träd med vissna löv som hänger
kvar och inte kan falla till marken.

Och en pust från havet får alla dessa kvitton att
rassla.

3

I gryningen trampar människomassorna igång vår
tysta planet.
Vi är alla ombord på gatan, det är trängsel som på
en färjas däck.

二

正午时分。洗净的衣服高挂在如鱼群而来的骑脚踏车
　　的人流之上在灰色海风中飘舞。注意边上的迷宫！
我被自己不能弄明白的文字包围，我是一个不折不扣
　　的文盲。
但是我该付的钱我都付了，全都留有收据。
我已经收集了那么多无法读出的收据。
我是一棵老树，还有干枯的树叶悬留在枝头不会落到
　　地面。

而来自海上的一阵风让这些收据沙沙作响。

三

黎明中人们踏步带动我们宁静的地球。
我们都登上街道，拥挤得像在渡船甲板上。

Vart är vi på väg? Räcker te muggarna? Vi kan
skatta oss lyckliga som hann ombord på den här
gatan!
Det är tusen år före klaustrofobins födelse.

Bakom var och en som går här svävar ett kors som
vill hinna upp oss, gå förbi oss, förena sig med
oss.
Någonting som vill smyga sig på oss bakifrån
och hålla för ögonen på oss och viska ”gissa vem
det är!”

Vi ser nästan lyckliga ut i solen, medan vi förblöder ur
sår som vi inte vet om.

我们要去哪里？茶杯够了吗？我们可以庆幸我们来得
及登上这条街道！
这是幽闭恐惧症诞生之前的一千年。

走在这里的每个人后面都有一个十字架飞舞
要赶上我们，超过我们，和我们结合在一起。
有些东西从后面悄悄跟踪我们，监视我们
而且轻声耳语“猜猜这是谁！”

在阳光下我们看上去几乎快乐无比，而我们正在流
血，从我们不知道的伤口。

FLYGBLAD

Det tysta raseriet klottrar på väggen inåt.
Fruktträd i blom, göken ropar.
Det är vårens narkos. Men det tysta raseriet
målar sina slagord baklänges i garagen.

Vi ser allt och ingenting, men raka som periskop
hanterade av underjordens skygga besättning.
Det är minuternas krig. Den gassande solen
står över lasarettet, lidandets parkering.

Vi levande spikar nedhamrade i samhället!
En dag skall vi lossna från allt.
Vi skall känna dödens luft under vingarna
och bli mildare och vildare än här.

传单

无声的狂怒在墙壁内涂鸦。
果树开花，杜鹃呼叫。
这是春天的麻醉。但是无声的狂怒
在车库里倒着涂写它的口号。

我们目睹一切又无视一切，但笔直如
地下羞怯的水手们操控的潜望镜。
这是分钟的战争。这燃烧的太阳
悬挂在医院——这苦难的泊车场之上。

我们是活的钉子被敲下到社会中！
总有一天我们要摆脱一切。
我们在翅膀下感觉死亡的空气
变得比这里更温和也更狂野。

AIR MAIL

På jakt efter en brevlåda
bar jag brevet genom stan.
I storskogen av sten och betong
fladdrade denna vilsna fjäril.

Frimärkets flygande matta
adressens raglande bokstäver
plus min förseglade sanning
just nu svävande över havet.

Atlantens krypande silver.
Molnbankarna. Fiskebåten
som en utspottad olivkärna.
Och kölvattnets bleka ärr.

Här nere går arbetet sakta.
Jag sneglar ofta på klockan.
Trädskuggorna är svarta siffror
i den giriga tystnaden.

航空信

为了找到一个投信的信箱
我揣着这封信穿过城市。
在石头和水泥的大森林里
这只迷路的蝴蝶展翅而飞。

邮票的飞翔的地毯
地址的摇摆的字母
加上我封起来的真理
就在此时飞越过大海。

大西洋爬行着的银色。
云团重重。捕鱼船
像一个吐出的橄榄核。
而船后水波如伤痕苍白。

在这里工作进展缓慢。
我常常偷看时钟。
在那贪婪的无语之中
树木的阴影成了黑色数字。

Sanningen finns på marken
men ingen vågar ta den.
Sanningen ligger på gatan.
Ingen gör den till sin.

Tomas Tranströmer

在地上能找到真相
但是没人敢拿起它。
真相躺在这条街上。
没人将它收归己有。

APRIL OCH TYSTNAD

Våren ligger öde.
Det sammetsmörka diket
krälar vid min sida
utan spegelbilder.

Det enda som lyser
är gula blommor.

Jag bärs i min skugga
som en fiol
i sin svarta låda.

Det enda jag vill säga
glimmar utom räckhåll
som silvret
hos pantlånaren.

四月与沉默

这个春天很荒凉。
丝绒般黑暗的水沟
在我身旁爬动
没有镜子图像。

唯一闪光的
是黄色花朵。

我被我影子拎着
如一把小提琴
在自己的黑琴盒中。

我唯一要说的
在不可触及之处闪光
好像银器
在当铺那里。

SORGEGONDOL Nr 2

I

Två gubbar, svärfar och svärson, Liszt och Wagner,
    bor vid Canal Grande
tillsammans med den rastlösa kvinna som är gift
    med kung Midas
han som förvandlas allting han rör vid till Wagner.
Havets gröna köld tränger upp genom golven i palatset.
Wagner är märkt, den kända kasperprofilen är
    tröttare än förr
ansiktet en vit flagg.
Gondolen är tungt lastad med deras liv, två tur och
    retur och en enkel.

II

Ett fönster i palatset flyger upp och man grimaserar
    i det plötsliga draget.
Utanför på vattnet visar sig sopgondolen paddlad av
    två enårade banditer.

哀伤贡多拉 之二[1]

一

两老头，丈人与女婿，李斯特与瓦格纳，住在大运河边
同住的是嫁给国王马达斯的忙个不停的女人
国王触摸的一切都能变成瓦格纳。
海的绿色寒意透过宫殿的地板冒上来。
瓦格纳倦容明显，那著名的弄臣形象比过去更疲惫
脸色如一面白旗。
贡多拉沉重地负载着他们的生活，两次来回和一次
　　单程。

二

宫殿里有扇窗户飞起，在这突然的动作中有人扮着
　　鬼脸。
外面的水上出现两个强盗持单桨划着运垃圾的贡多拉。

1　1882 年与 1883 年之交，李斯特到威尼斯看望了他的女儿克斯娜和女婿理查德·瓦格纳。瓦格纳数月后去世。在这段时间里，李斯特创作了两首钢琴曲，以《哀伤贡多拉》为题发表。

Liszt har skrivit ner några ackord som är så tunga
att de borde skickas.
till mineralogiska institutionen i Padova för analys.
Meteoriter!
För tunga för att vila, de kan bara sjunka och sjunka
genom framtiden ända ner
till brunskjortornas år.
Gondolen är tungt lastad med framtidens hopkurade stenar.

III

Gluggar mot 1990.

25 mars. Oro för Litauen.
Drömde att jag besökte ett stort sjukhus.
Ingen personal. Alla var patienter.

I samma dröm en nyfödd flicka
som talade i fullständiga meningar.

IV

Bredvid svärsonen som är tidens man är Liszt en
maläten grandseigneur.

李斯特写下了几段和声，它们如此沉重，应该寄往帕多瓦矿物研究所去作分析。

陨石！

太沉重而不能停息，它们只能下沉又下沉穿越未来直至褐衫纳粹党们的岁月。

贡多拉沉重地负载着未来那缩成一堆的石块。

三

缺口朝向1990。

3月25日。为立陶宛担忧。

梦见我访问一所大医院。

没有医务人员。全都是病人。

同一个梦里有个新生女孩

用完整的句子说话。

四

在身为时代骄子的女婿旁边，李斯特是个衣衫褴褛的大人物。

Det är en förklädnad.
Djupet som prövat och förkastar olika masker har
valt just den här åt honom—
djupet som vill stiga in till människorna utan att
visa sitt ansikte.

V

Abbé Liszt är van att bära sin resväska själv genom
snöglopp och solsken
Och när han en gång skall dö är det ingen som
möter vid stationen.
En ljum bris av mycket begåvad konjak för honom
bort mitt i ett uppdrag.
Han har alltid uppdrag.
Tvåtusen brev om året!
Skolpojken som skriver det felstavade ordet hundra
gånger innan han för gå hem.
Gondolen är tungt lastad med liv, den är enkel och svart.

VI

Åter till 1990.

Drömde att jag körde tjugo mil förgäves.

那是一种装扮。

试戴又扔掉不同面具的深度正好为他选择了这身装

扮——

这深度愿意钻进人类而不用露出它的面目。

五

阿贝·李斯特习惯自己带着行李箱穿过雨雪和阳光

而他一旦要死去也没有人在车站迎候。

一阵才华横溢的白兰地暖风就在一次任务之中将他

带走。

他总有任务在身。

一年两千封信件！

男学生抄写拼错的词一百遍之后才能回家。

贡多拉沉重地负载着生命，它简单而漆黑。

六

返回到 1990 年。

梦见我白白地开车两百公里。

Då förstorades allt. Sparvar stora som höns.
sjöng så att det slog lock för öronen.

Drömde att jag ritat upp pianotangenter
på köksbordet. Jag spelade på dem, stumt.
Grannarna kom in för att lyssna.

VII

Klaveret som har tigit genom hela Parsifal (men
  lyssnat) får äntligen säga något.
Suckar ... sospiri ...
När Liszt spelar ikväll håller han havspedalen nertryckt
så att havets gröna kraft stiger upp genom golvet
  och flyter samman med all sten i byggnaden.
Godafton vackra djup!
Gondolen är tungt lastad med liv, den är enkel och svart.

VIII

Drömde att jag skulle börja skolan men kom försent.
Alla i rummet bar vita masker för ansiktet.
Vem som var läraren gick inte att säga.

于是一切都放大。麻雀大如母鸡
鸣唱声能把耳朵震聋。

梦见我在厨房的桌子上画出
钢琴琴键。我在上面弹奏，无声。
邻居们进来倾听。

七

在整场《帕西法尔》中始终无声无息（但倾听着）的
　　钢琴最终能说点什么。
叹息……sospiri[1]
李斯特今晚演奏时，把海的踏板踩下不放
所以大海绿色的力量穿过地板升起，还和这建筑里所
　　有的石块一起流动。
晚上好，美好的深度！
贡多拉沉重地负载着生命，它简单而漆黑。

八

梦见我要开始上学但迟到了。
教室里所有人脸上都戴着白色面具。
谁是老师无法辨认。

1　此诗原文为瑞典文，但“sospiri”一词为意大利语，意思也是“叹息”。

NOVEMBER I FORNA DDR

Det allsmäktiga cyklopögat gick i moln
och gräset ruskade på sig i koldammet.

Mörbultade av nattens drömmar
stiger vi ombord på tåget
som stannar vid varje station
och lägger ägg.

Det är ganska tyst.
Klångandet från kyrkklockornas ämbar
som hämtat vatten.
Och någons obevekliga hosta
som skäller på allt och alla.

Ett stenbeläte rör sina läppar:
det är staden.
Där råder järnhårda missförstånd
bland kioskbiträden slaktare
plåtslagare marinofficerare
järnhårda missförstånd, akademiker.

东德的十一月

万能的独眼进入了云层
而青草在煤尘中摇晃抖动。

被夜里的梦打得浑身酸痛
我们登上这趟火车
它在每个车站停留
而且下蛋。

相当寂静。
叮当声来自教堂的钟筒
就如吊桶打水。
而什么人拼命咳嗽
责骂一切和所有人。

一尊石像嚅动着嘴唇：
这是城市。
这里存在铁硬的误会
在店员屠夫中间
在铁匠海军军官之间
铁硬的误会，学者们。

Vad mina ögon värker!
De har läst vid lysmasklampornas matta sken.

November bjuder på karameller av granit.
Oberäkneligt!
Som världshistorien
som skrattar på fel ställe.

Men vi hör klångandet
från kyrkklockornas ämbar när de hämtar vatten
varje onsdag
—är det onsdag?—
där har vi för våra söndagar!

我的眼睛如此疼痛！

它们在萤火虫般模糊的光线里读过书。

十一月请你享用花岗石糖果。

无法预料！

正如世界历史

在错误场所大笑。

但是我们听到叮当声响

来自教堂钟桶打水之时

每个星期三

——是星期三吗？——

难怪我们的星期天不算回事！

HAIKUDIKTER (urval)

I

Kraftledningarna
spända i köldens rika
norr om all musik.

*

Den vita solen
träningslöper ensam mot
Dödens blåa berg.

*

Vi måste leva
Med det finstilta gräset
Och källarskrattet.

俳句（选译）

一

输电的线路
张紧在寒冷国度
北于全音乐。

*

白色的太阳
在训练独自跑向
死亡的蓝岗。

*

我们得忍受
那细小字体之草
及底层之笑。

*

Solen står lågt nu.

Våra skuggor är jättar.

Snart är allt skugga.

*

太阳已低垂。

我们的影子巨大。

一切快成影。

HAIKUDIKTER (urval)

De sparkar fotboll
plötslig förvirring—bollen
Flög över muren.

*

De väsnas ofta
För att skrämma tiden in
i snabbare lunk.

*

Felstavade liv—
skönheten kvarlever som
tatueringar.

俳句（选译）[1]

他们踢足球
突然莫名其妙——球
飞越过墙壁。

*

他们常聒噪
为了将时代吓进
更快的慢步。

*

拼错的生活——
这美丽继续生存
就好像文身。

1　1959年托马斯·特朗斯特罗默去拜访他的朋友，心理学家和诗人奥格·诺尔丁，当时诺尔丁是艾斯基尔斯图纳市城外海尔比青少年监狱的典狱长。同年，作为新年的问候，特朗斯特罗默寄给奥格·诺尔丁和他的太太乌拉八首俳句。随后又寄去第九首俳句，但因某种原因未随信寄到。

*

När rymmaren greps
bar han fickorna full
med kantareller.

*

当逃犯被捕

他的衣兜里装满

野生的蘑菇。

NOVEMBER

När bödeln har tråkigt blir han farlig.

Den brinnande himlen rullar ihop sig.

Knackningar hörs från cell till cell

Och rummet strömmar upp ur tjälen.

Några stenar lyser som fullmånar.

十一月

剑子手厌烦时他就非常危险。
这燃烧的天空会将自己卷起来。

听到敲墙声从牢房传到牢房。
而这房间从冻土层里涌起来。

有一些石块像满月那样发光。

HAIKUDIKTER (urval)

Dessa milstenar
som gett sig ut på vandring.
Hör skogsduvans röst.

*

När stunden kommer
vilar den blinda vinden
mot fasaderna.

*

Havet är en mur.
Jag hör måsarna skrika—
de vinkar åt oss

*

Människofåglar.
Äppelträden blommade.
Den stora gåtan.

俳句（选译）

这些里程碑
已经走出去漫游。
听欧鸽声音。

*

当此刻到来
那盲目的风停歇
朝那些正面。

*

大海是堵墙
我听见海鸥叫喊——
朝我们挥翅。

*

人样的飞鸟。
苹果树已开过花。
巨大的谜团。

特朗斯特罗默生平与创作年表

万之　编译

1931 年 4 月 15 日　生于瑞典斯德哥尔摩南城区，受洗全名为托马斯·约斯塔·特朗斯特罗默。其父约斯塔·特朗斯特罗默为报社编辑，其母赫尔妮·特朗斯特罗默为学校教师。

1934 年　三岁时父母即离异，由母亲独自抚养。夏季常在其外祖父于郊外斯德哥尔摩群岛之一仁马尔岛上拥有的一所别墅度假。此处的生活对其自然科学与文学艺术兴趣之培养有重要影响，包括其昆虫收藏爱好也始于此。

1946 年　进入斯德哥尔摩著名的南拉丁高级中学拉丁语专业学习，并参加学生自发组织的文学小组的活动。该小组多名成员后来成为瑞典著名作家、诗人。

1950 年秋　毕业于南拉丁高级中学，考入斯德哥尔摩学院（后更名为斯德哥尔摩大学）学习心理学和文学史。

1954 年　发表首部诗集《诗十七首》，轰动瑞典文坛。

1956 年　毕业于斯德哥尔摩学院，获学士学位并获得心理学家文凭。获颁《人物图录》杂志抒情诗奖。

1957 年　在斯德哥尔摩学院心理学系任职。

1958 年　发表诗集《路上的秘密》。与莫妮卡·布拉德结婚。获颁《晚报》文学奖。

1960 年　在瑞典南方林舍平市郊外的洛克斯图纳青少年管教所出任心理辅导专家。

1961 年　大女儿艾玛出生，后来成为女高音歌唱家。

1962 年　出版诗集《半完成的天空》。

1963 年　访问肯尼亚、坦桑尼亚、刚果及中非共和国等非洲国家。

1964 年　二女儿帕于拉出生，后来成为护士。与美国诗人及《六十年代》诗歌杂志主编罗伯特·布莱开始通信，并开始翻译美国诗歌。

1965 年　春天首次访问美国并在四所大学作诗

歌朗诵和演讲。夏天在瑞典首次会见美国诗人布莱。

1966 年　出版诗集《声音与轨迹》。离开洛克斯图纳青少年管教所，迁居到维斯特罗斯市担任监狱心理医生工作。获颁瑞典学院贝尔曼文学奖。

1970 年　出版诗集《夜视力》。

1971 年　二度访问美国并作巡回诗歌朗诵和演讲。

1973 年　出版诗集《小径》。获颁瑞典国家广播电台诗歌奖。

1974 年　出版诗集《波罗的海》。

1975 年　获颁厄富劳里德文学奖。

1978 年　出版诗集《真相之障碍》。

1979 年　获颁德尼欧协会文学大奖。

1980 年　在维斯特罗斯市劳力市场研究所担任心理学家。

1981 年　获颁谢尔格仁文学奖和意大利彼得拉克文学奖。

1982 年　获颁文学促进大奖。

1983 年　出版诗集《狂野的广场》。

1985 年　荣获瑞典马丁松协会颁发的阿尼阿拉号文学奖。

1987 年　获颁菲尔林奖。

1988 年　获颁飞行员文学奖。

1989 年　出版诗集《为了生者与死者》。

1990 年　十一月突患中风，导致失语症及右半身瘫痪。但仍坚持用左手演奏钢琴，并写作俳句形式短诗。诗集《为了生者与死者》获得北欧委员会文学奖。同年还获颁南斯拉夫欧洲文学奖和纽史塔德文学奖。

1991 年　获得瑞典学院颁发北欧文学奖。

1995 年　获颁古斯塔夫·福罗丁协会抒情诗奖。

1996 年　出版诗集《哀伤贡多拉》。同年此诗集即获得瑞典著名的奥古斯特文学奖。

1997 年　维斯特罗斯市设立“特朗斯特罗默诗

歌奖”。获得教师全国协会文学奖。

1998 年　获得斯洛伐克颁发的让·斯美列克文学奖。

2000 年　从维斯特罗斯市迁居至斯德哥尔摩南城区。

2001 年　出版诗集《监狱》。二度获颁德尼欧协会文学大奖。同年出版和罗伯特·布莱的通信集《航空信》，史密特·图尔比雍编译，博涅尔出版社出版。

2003 年　获颁黑山共和国金花环诗歌奖。

2004 年　出版诗集《巨大的谜团》。

2007 年　获颁格里芬托拉斯终身成就奖。

2009 年　获颁艾力克·林德格仁文学奖。

2011 年　四月里瑞典举办多项庆祝其八十寿辰之文化活动。获颁瑞典政府授予的荣誉教授称号。十月初瑞典学院宣布授予本年度诺贝尔文学奖。十二月瑞典皇家音乐学院授予荣誉院士称号。

2012 年　被母校斯德哥尔摩南拉丁高级中学授

予荣誉讲师称号。

2015年 3月26日于斯德哥尔摩逝世，享年八十三岁。

瑞典学院给特朗斯特罗默的诺贝尔文学奖授奖词

2011 年诺贝尔文学奖授予瑞典诗人托马斯・特朗斯特罗默，“因为他以凝练、简洁的形象，以全新视角带我们接触现实”。

埃斯普马克[1]在2011年诺贝尔奖颁奖典礼上的致辞

尊贵的国王陛下，尊贵的王室成员，女士们，先生们：

特朗斯特罗默是为数不多的对世界文学深具影响的瑞典作家之一。他的诗作已经译成六十多种语言，对世界不同地方的诗歌发展都具有重大意义。诺贝尔文学奖获得者约瑟夫·布罗茨基曾坦承他曾经从特朗斯特罗默那里偷用过不止一个意象。一年前我在中国旅行，我发现，随行的中国诗人也将特朗斯特罗默当作伟大典范。

为何如此？是因为那些精彩的意象吗？我认为这只是一半真相。另一半真相是日常生活中的视野，是通透的人生体验，而那些意象是镶嵌于其中的。

让我们看看《卡利隆》——《教堂钟声》——这首诗，诗中的"我"又来到在荷兰布鲁格的一家旧旅店，伸展双臂躺在床上，"我是个实实在在挖下去的锚 / 拉住不动的 / 是上面漂浮的巨大阴影 / 是我也属于其中一部分的那个巨大未知物。"或者再看下面这行诗中的"我"得不到保护的意象："我的岸很低，只要死亡上涨两分米，我就会被淹没。"重要的不是这些个别意象，而是构造这些意象的视野完整性。那个太容易被淹没

1　谢尔·埃斯普马克（Kjell Espmark，1930—　），瑞典著名诗人、作家、文学批评家、文学教授，曾担任斯德哥尔摩大学文学院院长，诺贝尔文学奖评选机构瑞典学院终身院士，也是其中五院士组成的诺贝尔文学奖评委会委员，并曾担任其主席十七年。出版有诗集十三部、长篇小说十一部，短篇小说集一部及多种评论集。另著有瑞典作家哈瑞·马丁松和特朗斯特罗默的传记。

的“我”即是那个无助无援的中心，而不同时代之潮，无论是近水还是远波，都向那里汇合。那个从上面巨大的未知物垂下的锚链，也指向这一谦卑的“我”。但在这首诗中，又存在着一个反向运动。在旅店房间的窗外，“狂野的广场”在扩展中，自我灵魂的状态是朝向它投射出去的：“我的内心世界在那里化为物质，一切恐惧，一切希望。”这一运动既朝内，也向外。一会儿是布袋从接缝处绷开，钟声在弗兰德平原上空回荡；一会儿同样的钟声又将我们飞送回家。而正是这种巨大的吐纳呼吸运动成为一种隐喻，赋予感官以精确性。奇异的是，这首内涵丰富的诗作却轻快得几乎没有什么重量，能够直接诉诸我们的感官。

类似的巨大呼吸也可在《波罗的海》一诗中找到。那些动人意象用于展示理解和隔阂的对立，如交替运动被整合在“大门敞开和大门关闭”之间，或是在“叹息其他海岸”的一阵风和给这个岸边留下“荒凉和寂静”的另一阵风之间。

但特朗斯特罗默诗歌宇宙里的运动首先是指向中心的。他能把广泛分布的种种现象聚集在一种质地紧密的此时此地。我们记得《路上的秘密》那首诗里那个“包容全部瞬间的房间——一个蝴蝶博物馆”。与那些朝向天空摸索的同行们截然相反，他首次发表的第一本诗集的第一句诗是：“醒来是一次从梦中跳伞。”这是地道的特朗斯特罗默式下降，朝向中心，下降到一个大地的夏天。

在《有关舒伯特》这首诗中，燕子飞行六个星期越过两个大陆，“返回这教区这牛棚这屋檐下它去年的巢穴”，这个图像捕获了朝向中心的运动的精确性。它们的飞行“直奔在陆地上消失的这个点”，对应了舒伯特“从五根弦相当寻常的和弦里捕捉来自一个完整人生的信号”的方式。

特朗斯特罗默诗作的发展已经具有越来越大的开放性，已经从他的瑞典地理版图扩展到灯光辉煌、如螺旋星海的纽约和人群熙熙攘攘的上海，他们的跑步让我们沉默的地球旋转。他的诗中也并不少见世界政治的闪光。同时，谦逊的图像也更加清晰：“我毕业于遗忘的大学，而且两袖空空，像晾衣绳上的衬衣。”以这样平易近人的姿态，特朗斯特罗默可以为我们中许多人代言。他在年轻时就说过，我们每个人“都是一扇半开的门，通往大家共享的房间”。那是我们大家最后的归宿——这个房间容纳所有的瞬间，此刻也容纳了我们全体。

亲爱的托马斯，我感到十分荣幸，今天在这里代表瑞典学院向您表示最热烈的祝贺，并请您上前从尊敬的国王陛下手中接受诺贝尔文学奖。

2011 年 12 月 10 日

当代瑞典诗歌：几个出发点[1]

撰文　谢尔·埃斯普马克

翻译　万之

当瑞典诗人哈瑞·马丁松在1974年获得诺贝尔文学奖的时候，瑞典学院的授奖词是这样的："他的创作能捕捉住露珠而映射大千世界。"如此措辞抓住了其创作特色的两极。其实这句短语还可以更言简意赅："露珠反映宇宙。"马丁松常常能够以小见大，比如在他早期的一首诗作中，款冬（一种菊科植物）和太阳就是相对的两极：小小的黄色花朵正与那巨大星体相对。在同一首诗中，他描写军营中粗野地诅咒发誓的男人们是如何在春夜中茫然若失地伫立——而他们是"上帝的中心站"。正如那微不足道的小黄花获得了与宇宙的联系，那些粗俗的工人成为了天堂交通系统的枢纽。宏观世界在微观世界中找到了位置。

1929年，哈瑞·马丁松仿佛一股清新的风吹进了瑞典诗坛。他曾作为司炉工在七大洋上航行多年，也曾作为流浪汉在南美和瑞典漂泊。他带来了一种全新的经验，并且找到了表达这种经验的自己的语言，比如有一首诗是这么开篇的："你们可曾见过驶出飓风的一艘烧煤的蒸汽船？"马丁松自己亲眼见到过，而且能够将他的这种经验用令人叹服的方式表现出来。这艘毫不起眼的船停泊在日光照耀下的码头边"呼哧呼哧地

1　本文根据埃斯普马克2012年10月下旬在上海复旦大学和南京大学的瑞典文演讲稿翻译整理而成。作者以20世纪最重要的瑞典诗人马丁松、艾克洛夫、特朗斯特罗默及他本人的诗作为出发点，介绍了当代瑞典诗歌特色与诗人们之间的传承关系，可增进读者对特朗斯特罗默的诗歌创作及其文学背景的了解。

喘息着”，“桅杆折断，舷栏破损”，而“船长早已声音嘶哑”，这细节比起连篇累牍的描绘飓风的文字，更能说明所发生过的与风暴的惨烈搏斗。

这些来自世界各大洋的生动图景是马丁松早期诗作的一个方面，而另一方面则是精确的自然微缩图画。他那些来自草丛中的世界的清新图画和汉语诗歌有相近之处。在小诗《在海上》中，马丁松用寥寥数笔就摹写出一幅广大的图景：

在海上我们感到春天或夏天只是一阵风。
漂流的佛罗里达水草有时在夏天开花，
而某个春夜里一只琵鹭朝着荷兰飞去。

仅仅用两个清晰的细节——开花的佛罗里达水草和在春夜里飞入眼帘的琵鹭，马丁松就捕捉住一个广大的场景，写出大海上季节的吐息变换。我不由问自己，还有没有别的瑞典诗人曾离中国古典诗歌更近？同时，马丁松精细的自然微缩画和他令人惊异的隐喻成为后来所有瑞典自然诗的出发点。在他的后继者中，我们可以不出意料地看到托马斯·特朗斯特罗默的身影。

哈瑞·马丁松不仅是诗歌大师，也是散文大师。他的长篇小说中，《荨麻开花》尤值一提。这已经是一部经典的描绘童年的著作，在浅显的伪装下展现的是作者自己艰苦的童年生活。他父亲去世后，母亲遗弃了孩子逃往加利福尼亚，而这个小男孩被送到拍卖会上，最后被交给了愿意从小区得到最低报偿而收养他的人。小马丁从一个农场转移到另一个农场，而其苦涩经历的描写又闪烁着诗的光芒，后来也成了瑞典童年叙事的常见范式。

大海和自然微缩画贯穿着马丁松的整个创作，从1931年的诗作《游牧者》描绘一个足迹遍布世界的旅行者的生存状态如乌托邦一样，到后来的诗作《草丛》里让自然观察和哲学沉思交相辉映。他1945年发表的伟大诗集《信风》不仅展现了这位海洋诗人带着象征意味的吹遍人世的信风的梦境，还体现出他是继承中国诗歌传承的智者，特别表现在长诗《李堪树下说》中。马丁松在这里展示出另一种语言风格，和他自然微缩画中那种准确观察和让人出乎意料的隐喻语言有所区别，这种语言以其深邃的哲理让人联想到《道德经》和其他富有智能的中国古典著作。

马丁松的第三种语言，不再使用震撼读者的隐喻，不再是哲理，而是以诗的形式出现在马丁松最负盛名的星球史诗《阿尼阿拉号》(1956) 中。该书最近刚出版了由万之翻译的中文版。宇宙飞船“阿尼阿拉号”计划带领数千移民从被放射性物质污染的地球逃往外星，却迷失了航向，只能无可奈何地向天琴座方向驶去，飞船上的乘客逐渐死亡。这代表了马丁松对于迷失方向的人类的悲观看法，认为人类正走向灭亡。

在瑞典诗歌中，马丁松的这种太空题材并没有很多后人效仿。但这部反乌托邦的星球诗作的思想基础——作者对于人类文明的批评，仍被后世欣赏。特别是他对于不经周密考虑的科技发展以及环境污染的批评，均被证明是富有远见的。

哈瑞·马丁松出生于1904年，1978年在绝望中自杀。他这一代诗人，包括阿图尔·隆德奎斯特和贡纳尔·艾克洛夫，都是在30年代崭露头角，代表了瑞典文学现代主义的重大突破。其诗作有大胆想象，有生动有力的意象语言，且节奏多变，无韵而自由。

这一代诗人中影响最大最深远的是贡纳尔·艾克洛夫，我愿意把他称为 20 世纪瑞典最伟大的诗人。他的众多追随者之一约然·帕尔姆说道："人必须有一块试金石，而我的试金石名叫艾克洛夫。"

艾克洛夫作品中不断出现的更新变化让人想起毕加索的变形画。他步入诗坛时是一个超现实主义者，其表现绝望的诗集有着病症式的标题：《地球的后来》(1932)，而在风格的不断变化中，宁静平和的《迪宛三部曲》(1965—1967) 终于达到其成就的巅峰。这部诗作的中心人物是生活在 11 世纪分崩离析的拜占庭帝国的埃姆吉昂王子。他被截去四肢，弄瞎双眼，流放在外，却能感受到庞大的意象和神秘的爱欲。这部诗集中残酷与优美并存，能让我们体验到巨大的神秘，摸索到人类的状况。

正是艾克洛夫多变的作品中的不同方面为后来的诗人提供了出发点。其中之一就是第一本诗集《地球的后来》，也叫艾克洛夫的"自杀之书"。其充满破坏欲的狂怒也使得诗中语言一度破碎为重复出现疯话的过程。这是减退而返回到零，又是从零，从无中生有重新开始。在这部诗篇中我们已经找到渎神而且经常是怪诞的文字，又在庄严崇高的瞬间中混合着平凡猥琐。后来他这样表述：诗歌必须包含一种"刺耳声响"，一种破坏高尚话语的不和谐音。

另一个方面出现在《穆尔纳哀歌》中。这部作品就像是过去在当下回响的一座回音寺庙。诗中的"自我"坐在进入斯德哥尔摩的码头上。他的生活已经停止，所有的过去就存在于这个被阻挡住的时刻："我呼吸的空间里混杂着死亡。"特别是诗人的祖先出现在某些闪动的画面中发言。一切都被安排在一个音乐性的结构中，其中呈现对位的声音，一个罗马人低声细语，从庞贝古城的壁画中走出来。这部作品是在数年内逐篇发表的，到1960年全部完成时，我作为一个书评者，发现自己已经很难从外部来看它了——那些已经当下化的过去的图像已经成为我自己的生命的一部分。

另一个意象对我们较年轻的诗人也有同样强烈的吸引力：诗人身处地狱，肢体化作石头。诗作《地底的声音》就是这一体验的最突出展示。诗中的自我“在石头里窒息”，是的，甚至“在石枕上，在石毯下睡觉”，而那些身陷于石中的心脏“搏动了千年”。诗人的渴望化身为始祖鸟，这只鸟的远祖在石头中悲哀地唧唧作鸣。这个地狱中的戏剧动作是没有尽头的螺旋阶梯的旋转，诗人在这里努力站稳脚跟，而同时夜幕升起，正处于第五层，马上就要升到第六层：“底层的框架承受着多么巨大的压力！如果它们爆裂，夜就会喷涌而入。”

如果说这种地狱般的石头里的窒息是一个极端，那么另一个极端则是简约，是极度的消解。在他几本诗集中，物质的逐渐消解，神秘性的否定方式，成为触及现实底层重量的方式，也是捕捉那种难以名状之物的方式。在气势恢宏的诗篇《心不在焉》(原题是拉丁语 Absentia animi) 中，各种现象被逐一否认抛弃，而去追寻“其他的东西”，“那唯一存在的东西”。但对无关感官之物的这种寻觅却有与之矛盾的感官性，在其秋天的景色中，“毫无意义的牧场”显现出“水车轮轨去向/虚无”。这种通过“正—反—合”论证的抽象辩论是从蟋蟀鸣叫中借取声音，而毫无意义的东西被物化为粘在潮湿胶鞋上的落叶的沙沙作响。这种感官上的思考是玄妙的，即使是“借助感官去让思考摆脱感官”。

这种严格的简约处理方法也出现在身体碎片化上，比如在某个诗歌画面中，有“一根食指和一根中指形成某种角度/仿佛一对荒诞的罗盘指针穿越沙漠”。但艾克洛夫首先还是继续这种消解的努力，比如在《我从遥远的国度写信给你》这首诗中，信是来自一个通过“一里又一里又一里/将自己抛在身后的身后”才能抵达的国度。这种逐渐消解的最强烈表达可能是《迪宛三部曲》中的“木头”（原文是希腊语 Xoanon）。在这首诗中，圣像上的圣母被一点一点地剥蚀，首先是怀中的圣婴，然后是头上的王冠，再到面纱和薄如蝉翼的内衣，之后是胸脯、额头和棕色而目光热切的双眼。最后连金色的底衬也被刮除。这时候就只剩下了木头，“一块老旧的橄榄木板，是从一株被风暴击倒的树上锯下的”。但这块简简单单的木板上显现出一个奇迹：在木头上有“树年轻时过度生长出的/一根枝杈的眼”。在经过所有简约处理后裸露的木头上，这只“眼”仍露出圣母的凝视眼神：“你看着我。”

托马斯·特朗斯特罗默是能在世界文坛占有一席之地的少见的瑞典作家之一。他的作品不仅被译成六十多种语言，还对各国的许多重要诗人有过深远影响。诺贝尔奖获得者约瑟夫·布罗茨基坦言自己诗歌中有不止一个隐喻是从特朗斯特罗默那里借用的。美国诗人罗伯特·布莱和中国诗人北岛都曾向特朗斯特罗默学习。两年前我曾到中国，和一些诗人结伴旅行，我发现特朗斯特罗默是这些诗人的伟大模范。2011 年的诺贝尔文学奖就证明了特朗斯特罗默的这种国际地位。

是什么造就了托马斯·特朗斯特罗默举世景仰的地位，不仅年迈的诗人叹服，年轻的诗人也崇拜？布罗茨基的话能指明一些原因：特朗斯特罗默是一个隐喻大师，他大胆而精准的意象令人赞叹。但我认为他成功的秘诀更在于感官上的精确描写与广阔的视角的令人意外的结合。特朗斯特罗默认为自己是一个观察家，任务就是用精确的细节去捕捉庞大而难以描述的过程并记录下来。他在很大程度上是一个神秘主义者，等待着黑暗中的信号证实一个更高级秩序的存在。然而他反对给自己贴上这么一个夸耀的标签。他更喜欢这样一段谦逊而打趣的介绍："我来了，我是隐形人，或许由 / 一种伟大记忆聘任而生在此刻。"

我们可以在《卡利隆》这首诗里看到诗人所扮演的这个角色。在这首诗中，在与布鲁格（比利时西北部城市）的昔日风光相遇后，诗人又回到那个破旧小旅馆躺到床上：

我躺在床上双臂伸开。
我是个实实在在挖下去的锚
　　拉住不动的
是上面漂浮的巨大阴影，
是我也属于其中一部分的那个巨大未知物
　　它肯定比我更加重要。

这是一种典型的特朗斯特罗默式张力，存在于一个谦卑主体及其浩大目标之间，又出现在同样真切的特朗斯特罗默式的巨锚图像中，以及上面的模糊难辨的船身图像中，这种图像是用感官手段来抓住那种难以抓住的东西。

然而，《卡利隆》同时展现出特朗斯特罗默的艺术奥秘不在于这种图像隐喻中，而在于表现图像隐喻的那种方式，让图像隐喻融入视觉景观中，也融入日常生活中的清楚透明的经验中。就在上面引用的这段诗之前，还出现过一个令人震撼的表现人的无助状况的图像隐喻：

> 我的岸很低，只要死亡上涨两分米
> 　我就会被淹没。

重要的不是这些个别意象，那个锚和那些低浅的岸，而是它们也融入其中的视野完整性。那个太容易被淹没的自我其实是个无助无援的中心，在这个中心，不同时代，远的或近的事物，都能汇聚到一起。从上方巨大未知物垂下的锚链也指向这个作为中心的谦卑自我。然而，在这首诗中同时存在着一个反向运动。旅店房间窗户外展开的是“狂野的广场”，而自我灵魂的状态是朝向它投射过去的：

> 我的内心世界在那里化为物质，一切恐惧，一切希望。

这一运动既朝内，又向外。一会儿是布袋从接缝处绷开，钟声在弗兰德平原上空回荡，一会儿同样的钟声又将我们飞送回家。而正是这种巨大的吐纳呼吸运动成为一种隐喻，赋予感官以精确性。令人激赏的是，这样丰富内容的文字却一点也不沉重，轻得好像没有重量，能够直接引起我们的感官共鸣。

但特朗斯特罗默诗歌宇宙中的运动主要是指向

中心的——其动力学是向心的。它的明显性在于能从强烈的当下现实中搜集到分布很广很分散的现象。在诗《途中的秘密》中他写到"一个包容全部瞬间的房间——一个蝴蝶博物馆"，暗含着对诗人同行像希腊神话中的伊卡鲁斯那样飞向太阳，甚至在星辰间行走的好高骛远的批评，特朗斯特罗默在他首部诗集中如此开篇："醒来是一次从梦中跳伞。"这是一次真正的特朗斯特罗默式下降，朝向中心，下降到一个人间的夏季。

这种向心运动的精确性也表现在《有关舒伯特》这首诗作里，出现在燕子的意象中：燕子在六个星期内飞越两个大陆，"返回这教区这牛棚这屋檐下它去年的巢穴"。它们的飞行旅程"直奔在陆地上消失的这个点"，与舒伯特"从五根弦相当寻常的和弦里捕捉来自一个完整人生的信号"是相互呼应的。

特朗斯特罗默的诗作朝向越来越大的开放性发展。他触及的地理疆界已经从瑞典扩展到了灯火辉煌、如螺旋星海的纽约和人们"用跑步将我们宁静的星球唤醒"的上海。而他的诗作中也不乏来自世界政治的闪光。同时，那谦卑的图像也变得更加清晰："我毕业于遗忘的大学，而且两袖空空，像晾衣绳上的衬衣。"以这样平易近人的姿态，特朗斯特罗默可以为我们中的许多人代言。即使在早期诗作中，他也曾说过，每个人"都是一扇半开的门，通往大家共享的房间"。那是我们大家最后的归宿——这个房间容纳所有的瞬间，此刻也容纳了我们全体。

上世纪 30 年代后的瑞典诗坛真是硕果累累。一大批重要的诗人踊跃登场，除了哈瑞·马丁松、艾克洛夫，还有阿图尔·隆德奎斯特，最后提到的这位是瑞典影响最大的外国现代诗歌介绍者，同时也是一种新的诗歌语言的创始人。随后十年里，又出现了埃里克·林德格伦、卡尔·温伯格、温纳·阿斯彭斯特罗姆以及50年代和60年代重要的诗人如拉什·福塞尔、约然·桑纳维和拉什·古斯塔夫松等等。但有一股新诗潮值得我们特别关注：80年代和90年代的女性诗歌潮，以卡塔琳娜·弗洛斯腾松和克丽丝蒂娜·隆为代表人物——两人都是瑞典文学院院士和诺贝尔委员会成员。

卡塔琳娜·弗洛斯腾松的诗风极其简约，是受到艾克洛夫的启发。而她又与特朗斯特罗默的视觉特性和惊人隐喻决裂。她的诗歌由声音来支撑，有一种寻寻觅觅的声音，充分利用语言本身作为声音物质的特性。这种诗歌避免象征符号，也避免表达性的句子和叙事。相反，它更接近于音乐。在她最新出版的诗集《演讲和雨滴》以及《洪水时刻》中，卡塔琳娜·弗洛斯腾松达到了一种新的开放性，严肃与喜剧性混合，现实的分裂也变得明显。

克丽丝蒂娜·隆的诗则完全是另一种风格。她更为接近艾克洛夫的那种极致细微之处。她最具代表性的诗集《愿与年长有教养的绅士结交》为她带来某种突破，赢得了一大批读者。诗集标题，借用自报纸上的"征友广告"，直指这类征友广告背后的渴望和痛苦——而这样的视角又扩展到当代的无所不在的无助和异化感，强调的是一种女性特有的困境。但这种痛苦的经验又带有自我讽刺和幽默滑稽的意味。用这种独特的方式，克丽丝蒂娜·隆成功地将处在自杀边缘的绝望和风趣幽默结合起来。

现在让我把自己的诗歌放到讨论范围里来，让我以自己为例，说明 30 年代的诗歌大师们之后出现的诗人继承了什么，又发展了什么。从 1956 年到 2012 年，我的诗歌创作既能展示我们如何从前人那里汲取营养，又能说明我们如何在大师们的帮助之下找到自己的创作道路。

首先让我作一个简单概述。我的各部诗集的标题就已经能说明很多问题。第一部诗集叫作《谋杀本杰明》，这个标题暗示着朝向史诗的发展方向，以及无法逃避的责任感。接下来的一部诗集叫《镜头中的世界》，表现电影的意义乃至整个视觉艺术的作用。第三部诗集题为《微观宇宙》，透露出我的如下观点：诗歌是一个微观的世界，又能强迫我们的宏观世界明朗起来，即诗歌迫使现实露出真正面目。再接下来的三部曲的标题是《瑞典的后来》，标题就已经暗示着贯穿性的社会批评。

这个三部曲在彻底完全的消逝中结尾，在“被遗忘的面孔的风暴中 / 朝着虚无敞开”。而下一个三部曲就从那虚无中开始，第一部《生活的努力》的标题就表明了这一点。这是从零开始的一系列努力，建立新的生存，用爱情、家庭和工作来构建，直至不可避免地告别人世。三部曲中的第二部是《欧洲的符号》，将个人的视角拓宽，尝试构建另一种欧洲，而不是那个权力的欧洲。而第三部叫作《秘密的饭局》，将视野扩展得更宽广，扩展到全世界和整个历史，古老的象征“秘密饭局”中就暗含着对暴政的反抗。

上世纪 90 年代，我的诗歌带着某种深刻危机的迹象进入一个新阶段，变得更加个人化。开启这个新阶段的是一个新的三部曲《道路转弯时》，其标题的意义是指出从危机中解脱出来的那个时刻，事物在那一刻展现出新的光彩。三部曲的第二部叫作《第二种生活》，封面上还有一幅中国石窟壁画，是一个和尚骑着一条巨大的鱼——这个意象的含义是理性制服并驾驭惊怖凶险的阴间力量。第三部名叫《生者没有坟墓》，一方面是参照亡妻出来说话的那些诗歌，另一方面是新的生命会出乎意料地从旧的生活中诞生。

上述的十二本诗集之后是一部在世界上最有影响的诗集《银河》，已经译成了十多种文字，包括中文。其标题暗指人类命运的所有碎片就像闪烁群星一般散布在我们周围的时间宇宙中。也许我还要加上《狼之时刻》这本诗集。它描写的正是黎明前的时刻，纷繁而困扰的想法占据我们的大脑，也在检验真理。这是一系列诗人追寻自我的沉思，而又整合着诗人乡村别墅附近农民开始说话，表达他们追寻自我感受的诗句。

那么，我的诗歌创作和前面说到的诗歌大师是什么关系呢？哈瑞·马丁松教会我如何以小见大，在微观世界中发现宏观宇宙。他还教会我诗歌的经济凝练，教会我自然微缩画技法，以及如何用新鲜奇异的隐喻捕捉流逝的瞬间。而我和马丁松的不同之处是我几乎不是自然抒情诗人，占据我脑海和笔端的是人。

我从艾克洛夫那里学到了更多东西。我的三部曲《瑞典的后来》其实就是对应他的《地球的后来》，第二部《地底的声音》则与他的一首诗名字相呼应。但比名字更重要的是，我的诗歌中和他一样有地狱的特征，当然也有和但丁《神曲》一样的视角。但是，我们也有重要的区别。艾克洛夫的世界是存在性、本质性的——他勾勒的是超越个人身份、家庭和社会角色的赤身裸体的人，而我为自己笔下的人物提供一个社会语境——他们既是个人，又由周围的"话语"所塑造。

在碎片化处理上我们也是相似的。上文中我提到艾克洛夫一首诗中让食指和中指形成某种角度，好像一个荒诞的罗盘指针在穿越沙漠。这个画面是描绘无名无姓的人的碎片穿过赤裸的没有身份特征的国度。在我的诗集《瑞典的后来》中——如同我将在中国出版的系列长篇小说《遗忘的年代》中——人物也是碎片化的，同时又置身于一个社会语境中。这些碎片化的人物处于日常生活中，已经极度简化，同时又有活跃的生命力。我曾尝试在一个社会语境与存在主义的重垒复合画面中捕捉他们的身影，重垒的画面中既能看到这些人物的现实生活，又能看到这些人物无法逃避的湮灭命运。他们的现在和将来在同一幅画面中出现——这也是我们的状况。在《银河》中也能找到对应的相似点：我攫取了一百个不同人的生活，每个人都是一个碎片，其整个人生浓缩成短短几句话。但他们不是没有身份的赤裸存在的写照。这些人整合在一个历史语境中，命运之线本身也在用大写历史字母书写的“大历史”的边缘空白处形成了一个质朴的世界“小历史”。

碎片化是艾克洛夫精通的极度简约笔法之一。我和我的许多诗歌同行一样，曾试过艾克洛夫所说的“一里又一里 / 将自己抛在身后的身后”。两年前，我有一部很大的诗歌选集出版，书名就叫作《只有必须的》，里面的诗都是我反复斟酌、精挑细选出来的。

在《狼之时刻》这部诗集中，我也引用了艾克洛夫的《木头》这首诗歌。那首诗写的是圣母像的剥蚀，直到只剩下了一块光秃秃的木板。而我的诗歌中真相的衣服是被黎明前那种艰难时刻的考验磨损掉的，最后也只剩下光秃秃的木板。但两者之间有一种关键性的不同：艾克洛夫在那块残存木板上看到树杈留下的结节，好像圣母凝视诗人的眼睛。而这个圣母像对我没有什么意义。我能站在这块木板上，而木板能承受得住没有断裂，我已经心满意足了。我在童年时就体验过这种脆弱的现实，脚随时会把地板踏穿。让这块木板承受得住站立在上面的人，这就是我的简约处理的目标。

还有一点也是我从艾克洛夫那里继承下来而又在其基础上作了自己的创新。上面我提到《穆尔纳哀歌》，里面有一座能与过去的声音响应的回音寺庙。我有不少诗歌著作中都有类似的回音寺庙，在这里死者也能加入到对话当中。但我采用了一种完全不同的手法，而它是从"借给我你的声音"这句话中发展而来的。因此诗集《银河》的英文版有这样一个标题《借给我你的声音》也并非偶然。在一本接一本诗集的创作中，我不断把自己的声音借给死者，以及那些不能自己发声表达的人，而且我清楚地意识到，我的声音和别人的声音是并存的，也是相互回响相互感染的。在这些诗歌里，两者都是显而易见的。

我和托马斯·特朗斯特罗默的关系又是完全不同的另一类型。我们年龄相仿，我出生于1930年，而他出生于1931年，晚我一年。我们从上世纪50年代开始就是亲密的朋友。我们也有很多相同之处，因为我们有一位共同的老师，我们都从他传授的诗艺中获益受教，所以我们是从同一个出发点出发，平行发展。我们的老师名叫拉格纳·托尔谢，他在1945年到1952年间发表了两本诗集，多年以后才有其他新作。托尔谢受到过超现实主义的影响，又对电影和"格式塔心理学"很感兴趣。他教给我们的就是连贯的视觉意象的诗歌语言。托尔谢不是用一连串意象相冲突的隐喻，而是教我们专注于一个意象，使其随着词句发展衍化。特朗斯特罗默在早期作品《尾声》中正是采用这种手法，牢牢抓住船和风景的双面意象，让它按着视觉逻辑随文字展开。我自己的早期诗作《环法之旅》也执着于自行车赛和生活的两重意象，让隐喻在其中自行发展。

但是我们从共同的学习模仿中又得出不同的结论：特朗斯特罗默继续着托尔谢那种视觉的自然神秘主义，而我将其对人的深刻描写作为自己创作的起点。我们都被称为有着“严格视觉”的诗人，但我们的作品有着迥异的轨迹。

如此说来，丰富多彩的瑞典现代诗歌有着很强的内部联系。老一辈诗人是青年诗人弥足珍贵的创作起点，并且他们还帮助我们探索自己的道路。在他们的启明星一般的指引下，我们也找到了属于自己的星星。